似是故人来

岁时生活札记

李响 著

商务印书馆

2020年·北京

前言

孟春时节，接到李响师妹的邀请，要我给她的新书《似是故人来》作序。这实在是出乎意料，像我这样只会做几个快手菜，走在路上还需要借助识花软件才能辨认出流苏、荚蒾的，显然不是合适人选。我猜想受邀的原因，大概是在她看来，我走过的地方还比较多，不时会发点触景抒怀的微信朋友圈，像本书描述的太湖东山陆巷古镇、南京清凉山扫叶楼、成都浣花溪还有北京南城那些胡同，我倒是都曾流连，对山川园林有个大致的时空印象，有的还写进过以前出版的旅行随笔。或许，我毕业于考古专业的学习背景和供职于中央美院的工作环境，使她觉得我是可以一起穿行古今的同道中人。再或许，我在轻狂年纪里说过狗牙蜡梅不如素心蜡梅好看一类的话（见本书开篇《立春·梅》），给李响留下了莫名其妙的印象，某种程度上对成书起到过类似配料的作用吧。

然而，和李响的灵心巧手比起来，我的那些游历和观察不过停留在猎奇的层面罢了，尽管游走四方，吃过不少特色美味，但转过身便忘了菜名，更没有探究食材原料的劲头，观花也只在隔岸，看得不十分真切。而读者们翻开这本书，一定会像我一样，惊讶于李响的阅读和见识之广。书中不仅涉及对诸多诗文和画作的评析，对各种声音和气味的体会，而且文字本身就充满画意诗情，不紧不慢娓娓道来。大家肯定也会钦佩她的探究心和行动力，跟着她辨识春天里的十种野菜，盛夏里参加足以静心的香会，赶一场奈良的秋季古本祭，回到她东北老家小时候的冰场撒欢，更可以学着如何制作香丸手串、荷花绢扇和赏月纸灯笼，如何酿出上好的青梅酒和酸梅汤，我则更想尝一尝椿芽蛋饼和抹茶红豆酥。读完这本书，便是在二十四件"节令乐事"中晃晃悠悠过完了一年，时间还是一般长短，而手指和脚步却勤快了许多，嗅觉和味道也灵巧了许多。就像她客居纽约的一年，却像主人一样，看尽曼哈顿的四季花事。

阅读《似是故人来》，时常有相会故人之感，对我这样生长于南方，弱冠之后负笈北上，定居京中的人来说，那些南方物事已经躲藏到记忆深处去了，所以当读到"不过若论这个季节的白花，最高调的还是南方阿婆们沿街叫卖的'夏三白'——栀子、茉莉、白兰花"（《夏至·夏三白》），它们熟悉的香气仿佛从书页里飘散出来，特别是白兰花勾起了回忆：小时候夏天清晨上学路上，经常会看见阿姨们在街边老太太的竹篮中挑上一朵，用线穿着别在胸前的纽扣上，人动花摇，香满整座城。我想，各地的读者们也许都能在某段文字中遇见曾经的自己，感觉作者是那个瞬间的知音。前阵子我专门去天坛拍二月兰，在古柏的下方开成了紫色的海，却不知道"最具人气的野菜，要数仙姿缥缈的二月兰了"（《雨水·野菜》），于是我从书中又获得了许多新知。

"夏已至，满眼风物。朋友从苏州传来艺圃的照片，从浴鸥的月洞门望出去，已是一片浓绿，浓到连池水也遮盖了，只能瞧见池对岸延光阁里永远的茶客,窗板子齐齐卸下,夏就是连房子也要脱掉外套。而在北京,那些闹市中安静的小路,也有了一片片荫,愿意把脚步放慢。就喜欢初夏,一切将要发生的还没有发生,一切没有发生的都必将发生。不要心急,等待就好。"

这是我在几年前春末夏初时发的一条朋友圈,现在又到了这个时节,窗外月季怒放,庚子年不平凡的春天即将过去,愿这本充盈着生命感知力的《似是故人来》,能成为诸君夏夜里的案头书,那热烈的夏夜也会变得细密绵长。

张岱有言:"人无癖不可与交,以其无深情也。"此话送与李响,再合适不过。

中央美术学院人文学院讲师　耿朔

自序

这本书一共收录了我的二十四篇文章,其中既有在杂志上发表过的应邀之作,也有私下里针对某个感兴趣的话题所做的一些小研究,原无示人打算。就这样写了几年,竟成了一本小集子。

这些文章都有着一个共同的主题——因循岁月。春来逐花,夏至纳凉,秋以怀古,冬临读书,曾经文人以修身为起点,建立起一套全面的、内省的、充满智慧的修养体系。吾辈钩稽历史,无非向往一度简单而多情的生活,也想学着先贤的样子,认真地度过每一个好时节。

想想很多时候我们不再提笔写字,不再轻易倾诉衷肠,是因为失去了投递深情的对方。不妨说与岁月听,也听取对方的回信,一朵带着露水的花是在说我很开心,一场忽然而至的雨是在替你哭泣。对岁月的深情,岁月会加倍回报于你,像一位老朋友,抱着一张琴,每年准时叩响门扉。开门复动竹,似是故人来。

上世纪八十年代,我出生在东北鞍山,亲族北至满洲里,南至辽东沿海,是世居的关外人。回想儿时,是无尽的快乐。作为都市里的孩子,我翻过一道道的山梁,追过野鸡、采过野果、蹚过河、赶过海,甚至随父母在山里开荒种菜,今时回想起来,都是不可思议的事。而我对阅读、写作、观察自然的爱好,是旧家时便养成了的。

2004年，我考入北京大学法学院，陆续在北京求学、工作、结婚、生子。于我夫妇二人而言，北京就是我们的家，是我们的第二故乡。

我的先生乃江南人氏，祖居金陵，后迁至宁波。江南便是我的第三故乡。我钟爱此间饮食、风土、山水，山水间曾活跃的风流人物更是令我着迷不已。我生长的东北，我先生生长的江南，还有我们共同求学的北京，是那么不同，却又那么相同。我的大部分文章，是在这种感恩命运眷顾的心境下完成的。忽见三生旧影子，醒了梦中身。虽然当时触景生情，写出来却可能无甚意思了，但看在无辜被我提及的花花草草的份上，还请大家姑且一读吧。

2017年因先生工作需要，我们一家人暂居美国纽约一年有余。期间，我尽可能多地去各地看那些藏在异国博物馆里的中国文物，欣赏不同风格的园林建筑，也料理家务，参与孩子学校的活动。旅居生活艰辛却也丰富，遂有《旅人》《何月不照人》等篇。

书中涉及的书画、插花、用香、饮馔等传统艺术与生活经验，源自我的学习与生活实践，不足之处，还望大方之家指正。同时，作为一名孤独的写作者，我也期待着同好的回音。

谨以此书献给未名湖上的中秋月，献给伽蓝殿下的天竺花。

目录

二月	立春：梅 /002	梅花清粥 /009
	雨水：野菜 /010	辨识十种春季常见野菜 /015
三月	惊蛰：花间雅集 /020	抹茶红豆酥 /025
	春分：藤萝 /027	押花书签 /033
四月	清明：踏歌 /036	椿芽蛋饼 /043
	谷雨：牡丹 /044	牡丹簪花发饰 /052
五月	立夏：初夏况味 /054	青梅酒 /059
	小满：染女 /061	石榴皮染秋香色 /069
六月	芒种：夏雨与夏月 /072	清凉水景插花 /076
	夏至：夏三白 /078	粽角艾香囊 /083
七月	小暑：微雨好烧香 /086	开窍避暑香丸手串 /095
	大暑：绿水芙蓉衣 /098	荷花绢扇 /105

八月	立秋：旅人 /110	方胜式信笺 /121
	处暑：木槿姊妹 /124	酸梅汤 /130
九月	白露：庭桂 /132	桂花鸡头米 /137
	秋分：何月不照人 /139	赏月纸灯笼 /144
十月	寒露：菊 /148	采制菊花茶 /155
	霜降：秋草 /157	带小朋友逛植物园 /165
十一月	立冬：蒐蓊之乐 /168	正山小种奶茶 /175
	小雪：蔬食而遨游 /177	橙皮糖 /188
十二月	大雪：造景 /190	围炉煮茶 /196
	冬至：清供 /198	米酒 /205
一月	小寒：冰嬉 /208	干枝挂钩 /215
	大寒：案头花不绝 /216	干花 /222

后记 /223

二月

春日春盘细生菜,忽忆两京梅发时。

盘出高门行白玉,菜传纤手送青丝。

——杜甫《立春》

立春

· 梅 ·

　　初春的一天，南朝宋人陆凯出门赏春，恰逢驿使经过，挂念起驻守陕西的同乡好友范晔，千里之外，想必仍是苦寒之地，便折取一枝梅花，托信使捎带去，随后赋诗一首："折花逢驿使，寄与陇头人。江南无所有，聊赠一枝春。"范晔是否收到了梅枝已无从考证，但陆凯的机巧一吟，梅花与春信的联系在文字上便确立了。明人青丘子有诗句"无限春愁在一枝"，与之仿佛。

　　梅的知音很多，比如"梅妻鹤子"的林逋，还有唐代玄宗的梅妃江采萍，写下"一树梅花一放翁"的陆游也算一位。我却格外欣赏陆凯的聪明用心，其实江南怎会无所有，范晔急需的不过是一个寄托而已。来自故土的春意，慰藉了绵宕泛滥的思乡之情，一枝梅足矣。

　　北地少梅，我这样的北方人便会不惜力地跑到江南看梅。这么大张旗鼓，有时还会到早了扑个空，难免被江南人士笑话。真正生活在江南的人都知道，要等到梅花盛放成一片香雪海，

马远《梅石溪凫图》

须是惊蛰。乾隆时期《吴县志》记载："梅花以惊蛰为候,最盛者以玄墓、铜坑为极。"但在我这等外行人看来,将春未春、乍暖还寒之时,顶着料峭寒风开出的梅朵,最是惊艳。春信微茫何处寻,昨宵吹到梅梢上。这也许就是俗谚道"立春梅花分外艳"的原因罢,所以立春过后是我心目中理想的赏梅时机。等到惊蛰时分,南风暖熏,桃花、樱花也已冒头,远望粉莹莹、明灿灿、香软软的一片,梅花反倒湮没其中,无甚惊奇。

几年前,在长辈生活的前童古镇过年。我们小辈贪玩,到村后野山上乱跑。杂草芜顽,山路逼仄,向阳坡的暖阳晒得人汗涔涔,恍惚惚。跑至半山视野开阔之地,忽见一座年久失修的六角亭,白柱灰瓦,匾额尚未抹去,隐约可见"稚川"二字。亭边一棵高大的白梅树,树冠遒蔓,枝丫细密,梅朵泠泠落落,香气不甚浓郁,冰蕊琼瓣,不落俗尘,不似凡物。我们一怔,复又赞叹不迭,老根青苔覆雪,凑近尚有凉气袭人。我们在梅树前留了影,流连片刻,便下山回家了。

这棵白梅树成了我日后插梅的范本。健康的姿态令我着迷。反观"梅以曲为美,直则无姿;以欹为美,正则无景;以疏为美,密则无态"的审美标准显得迂腐滑稽,老态龙钟。纵然是这般被人吟诵千年、过分斧凿的花材,也应该有它完全自然的一面。以梅为主材的插花,若用甜白梅瓶,斜斜的一枝红梅已是极好,添多无益;若用口稍阔些的铜尊和天球瓶,则可以搭配水仙或兰草或山茶,宁简毋繁;若用大型花器插作十全插花,梅枝往往是最高的一枝。细想来,在插花用材的品级位阶上能与梅比肩的,恐怕只有松了。

不过,插花中很少有机会用到梅花,因为价格昂贵,来源也少，完好无损的就更是稀有了。故偶有插花人巧以碧桃冒名梅花，亦有八九分模样，观赏者隔着展示围栏远远看去，不辨东施西施。做蜡梅生意的花贩倒是不少，价格也低廉得多，可惜姿态较梅花要差一些。

梅花有一位极易被混淆的友伴蜡梅，因花瓣蜡质而得名，亦作腊梅，因在最冷的腊月开花而得名，于是腊月的记忆总是洇着一层薄薄的蜡梅甜香。蜡梅的香气比梅花更有爆发力，开在奇寒之时，不知为何没能位列岁寒三友。因为喜爱，所以心下为她不平。连续几年，公历新年过后会往卧佛寺看蜡梅花，期待从未落空。隆冬迁延，卧佛寺香客寥寥。红墙殿宇前，蜡木清奇，冰肌清瘦，几尾鲤鱼遨游池中，树梢之上，青山淡远，是画境。

以前在北大读书时，因为卧佛寺的"卧佛"与英文 offer（带奖学金的国外大学录取通知书）谐音，所以大四上学期申请出国留学的同学们多会来这里祈求 offer。其实，卧佛寺只是民间的叫法，此寺官名为十方普觉寺。自唐代立寺，寺中便供奉檀木卧佛，历代各有兴废，数易寺名，但卧佛一直都在，只是元代时换成了铜铸的释迦牟尼佛祖涅槃像。当年我也申请了留学，顺利拿到了 offer，但最终因为其他缘故并未成行，或许跟我没有去卧佛寺求拜有关吧。所以，迄今为止卧佛寺于我的全部意义就是鲤池边的几株老蜡梅树。

曾有一位北大的师兄说，卧佛寺的蜡梅是狗牙蜡梅，花瓣土气，不抵皖南老家的素心蜡梅好看。我虽不觉得狗牙有什么不好，但确实也没见过南方的蜡梅，一时无可辩驳。

那位师兄口中的素心蜡梅，我至今未学会分辨。有一年元旦假期，在古都南京访古，灵谷寺、无量殿（今作无梁殿）、瞻园、总统府、国民政府旧址等处皆植蜡梅，花瓣圆圆的，很含蓄，花气饱满如蜜，庶几为素心蜡梅亦未可知。倒是在栖霞山中，有野生的狗牙蜡梅。拾级而上，佛窟夹道，人迹难至处，老树冽冽，与没脚的枯叶同尘，令人动容。

梅花与蜡梅，只要见过，便不会弄错。

梅花自古也是一味香料。我曾经对花材用作香材深表怀疑，认为一旦陨落，生命便终结，怎可能如茶叶一般在茶人的冲泡过程中再度焕发生机。直到自己亲自试过，才相信这世间真有"涅槃"一事。古人有熏衣香称"梅萼衣香"者，提前将香料捣碎，等待梅花盛开晴朗无风雨的天气，在黄昏前选中未开、含蕊的梅苞，用红丝线系住，做好标记，第二天清晨太阳升起之前，连梅蒂一同摘下，与已经捣碎备好的香药粉一同拌匀，阴干，包裹纸衣，放入纱囊，随身佩戴，旖旎可爱。出于对梅香的爱恋，人们希望梅花不开的时候也能闻到梅香，于是又有模拟梅花香的香方。与陆凯、范晔同国的南朝寿阳公主曾配制"梅花香""春消息""雪中春信"，即被后人称为"梅花三绝"的三款著名合香。南宋末年陈敬辑录的《陈氏香谱》中有确切香方流传。三款以梅花命名的合香中都未添加梅花，而是凭借甘松、零陵香、白檀等香料搭配产生出可令人联想到梅花的香气。

平安时代，中国合香传入日本，香事渐入民间。《薰集类抄》记载了来自中国的六种薰物——梅花、荷叶、菊花、落叶、侍从、黑方。其中，荷叶为夏，菊花为秋，落叶为冬，侍从寓意秋风，黑方感觉玄妙，而梅花是春之香物，"春尤可用之"。日本鸠居堂便可以买到明治十年（1877年）经皇室授权调制的六种薰物集合。小小的盒子里纳了六种线香与一枚乳白色香插，周到得很。

梅香之久，有一个生动的例子，说宋高宗的皇后吴氏性情恭俭，收集柳絮做鞋袜之用，而每到要做生菜之时，必于梅下取落花，杂于生菜当中，菜熟梅香仍可知。

文士爱梅，除了洁傲的性情相投，值得缘以为友，恐怕还因为清甜的气味相投，值得拿来讲究一番，乃至落下肚肠，供养鼻舌身意。《山家清供》中记载了这样一道梅花汤饼："初浸白梅、檀香末水，和面作馄饨皮。每一叠用五分铁凿如梅花样者，凿取之，候煮熟，乃过于鸡清汁内。每客止二百余花可想。一食，亦不忘梅。"其实就是今天的面片汤。五分铁凿模拟的是梅花的五瓣，用浸泡过白梅的水和面留下了梅花的气和味，可谓一举三得。更难得的是主人还懂得边际效应递减的原理，每客至多可食二百枚，不得多食，要有一点点未满足的遗憾，好感便会被放大。怪不得后人有诗赞这汤饼："恍如孤山下，飞玉浮西湖。"

西湖边的孤山正是当年林逋植梅隐居之所。

以梅花入馔的食法颇多，单《山家清供》就记录有三。除了汤饼，还有蜜渍梅花和梅花粥。前者需要白梅肉少许，浸于雪水当中，以梅花酿之，以蜜渍之，可以下酒佐菜。而后者梅花粥，要将落在树下的梅花捡洗干净，等白粥煮熟后，下入梅花再同煮片刻,清香四溢。"脱蕊收将熬粥吃,落英仍好当香烧",真是一点都不浪费。

至于梅树之果,泡青梅酒可是一年当中我最期待的工作之一,不过那是清明过后要操心的事,还远着呐。

节令乐事 · 梅花清粥

材料：大米、白梅花

做法：白粥煮至糜，关火前放入洗净的白梅花即可。因梅花味苦，一锅粥配三十数朵足矣。或用白梅花泡水，仅以梅花水入粥。盛出后可根据口味加入白糖。白梅花可以是新鲜摘下的，也可以是白梅花茶。

南宋诗人陆游写过著名的《食粥》诗："世人个个学长年，不悟长年在目前。我得宛丘平易法，只将食粥致神仙。"食粥养人，历来不乏将粥食作为药物疗愈胃病的做法。而梅花在《本草纲目拾遗》中位列众花之首，书中记载其"开胃散郁，煮粥食，助清阳之气上升，蒸露点茶，止渴生津，解暑涤烦"。于一春之始食梅花清粥，粳米与白梅两相辅佐，既舒肝和胃，又令人精神清悦振奋。

· 野菜 ·

从雨水开始，大地便有了动静。最先钻出地面的，往往是能吃的野菜。

春天挖野菜是一种瘾，跟秋天的天坛、地坛、日坛里总有人弓腰捡拾臭烘烘的银杏果一样，没瘾的人无法理解。"瘾君子"似惊蛰的虫子一样准时，躁动地刷看最新的天气预报和先行者发回来的山野报告。

我酷爱挖野菜的嗜好可能来自母亲。儿时每每全家郊游，或到公园散步，母亲都会悄不作声地往包里塞一柄小铲子和一个塑料袋，以备不时之需。我们抬头赏花，母亲低头找野菜。于是，很小的我就知道了带锯齿的婆婆丁和枸骨树叶一般锯齿状的灰菜是可以吃的。

来北京之后，有了自己的家庭，但身边缺少经验丰富者坐镇，总怕自己辨认错误害了家人误食，挖野菜的活动便再也没做过。有一次去昌平办事，当天无法往返，便在白浮泉源头的一家宾馆宿下。翌日清晨，见院子的杂草丛里蹲了好几位中年妇人，有节奏地挪蹭着，呀，她们一定是在挖野菜。我粗粗拾掇了一下，踮着脚去凑热闹。她们都是附近村子里的，说苦荬菜的季节年年都会来采，这里有活水，大可放心吃。有几位大姐把关，我贪心地采了两袋子，每扦下一根都在心里默默说一声谢谢。带回家细细挑洗干净，叶柄参差坚挺，水分很足，生吃，清苦的滋味并不难下咽。

野菜虽可入汤，但远不如生食，既存留本味，样子又讨喜。入汤后颜色大多要变成诡异的绛紫色。在生食了两顿之后，余下的变得不再新鲜，于是开始懊悔自己采多了。

多年后，读到凌拂在《台湾草木记》中写的这样一段，说自己雨后蹲在荒草路边，一茎一茎细细地采假吐金菊（一种野菜），采半天，不盈一握。彼时她正在一所乡村学校教书，被学生见到了，涌过来帮忙。凌拂是这样说的：

拔草似的大把大把地抓，三两下给我一盆。我哪里要吃这么多呢！小孩子是一番好意，可是生活是可以过得很从容的，从容里的余裕，怎么能快呢？假吐金菊太细太碎原本采不多的。我看着盈盈一大盆，这世界患难太多，或许只适合世故的人，世故的方式，大把大把地打捞；大家都充满倦意，谁有心情玩味呢，所以垂死的人多烂漫的人少。这些生发当然和孩子无关，但是难为了他们生在其中，还要慢慢长大。

顿觉脸红，发誓以后切忌贪心。

荠菜也是清新可口的野蔬，我很喜欢。生活在京城，想吃荠菜只能到菜场去买，而且上市极短，旋即下市不可得。荠菜一般有两种价格，偏贵的，菜贩会讲述野外采集再运来京城的不易；便宜的，多为人工种植。

最具人气的野菜，要数仙姿缥缈的二月兰了，又名诸葛菜。很少人知道二月兰也是可以吃的，单是美貌，就已感激涕零。二月兰要成片才好看，远远望去一汪紫气浮在翠绿色的半空，隐隐似幻。

季羡林的《二月兰》一文形容遇到开花的大年，二月兰仿佛发了狂，山前山后开成大片，紫气直冲云霄，连宇宙都仿佛变成紫色的了。

当年老祖还活着的时候，每到春天二月兰开花的时候，她往往拿一把铲，带一个黑书包，到成片的二月兰旁青草丛里去搜挖荠菜。只要看到她的身影在二月兰的紫雾里晃动，我就知道在午餐或晚餐的餐桌上必然弥漫着荠菜馄饨的清香。

人事皆已大变，而"世事沧桑，于它（二月兰）如浮云"。

过去居住的小区外也曾有一片野地，一个足球场么大。每至春夏，蔓芜的野草放肆生长，除了抄近路的人们踩出一条光秃的黄土小径，青草深处并无人探看。在那里，春天有紫花地丁和北京堇菜，有无辜的二月兰，有掐断会沾一手白浆的鸦葱；夏天有肆虐的蒲公英、蒿草和夏至草，蒿草粗壮，多有半人高。直到有一天，开来几辆工程车，把野地灌满了水泥，画上停车位，将这一片生机活埋。

每每想到这儿，念起家山风物，甚是怀念。儿时下楼没走几步便进山了，草木蓊郁，鸟鸣山幽。清晨见到过露水尚在的山花，黄昏里在无人的山路放歌。虽然自己的前十八年人生都在此间度过，却仿若上辈子的事了，想来只觉怅然。

近年返璞归真的文章题材渐有流行之势，人们书写故乡风物、山川河谷、清明世界，历数野花野草、荒野时序，追思物

红花酢浆草

资节制却喜乐自在的年月,乃至倡导自然农法、清爽简单的味觉料理。在台湾,这似乎叫作"野菜文学",风吹至大陆,不知道叫什么。以前的人们写野菜,与写庭前的花开花落并无分别,那本是他们度日的方式。今时的人们写野菜,带着猎奇的余味,像隔岸观花,看不十分真切。此岸市井,彼岸田园,滔滔相隔的,是过度富裕却过度无趣的生活。

春夜,独坐灯下,写下这不知有没有人会细读的野菜文字,近前香薰蜡烛魅影摇曳,及蜡池燃尽,空留出身名门、设计考究的玻璃瓶,终于这锦绣人间是无用的。

节令乐事 · 辨识十种春季常见野菜

荠菜

初春最出名的野菜恐怕就要数荠菜了,从南到北,家喻户晓。如果不在荠菜的季节包上两顿饺子,好像这个春天就白过了。荠菜分板叶、散叶两种。板叶荠菜的叶片完整不开裂(全缘),散叶荠菜的叶片断为几段(羽状裂片)。

野艾

常见于路边、草地、灌木丛,有清香。野艾嫩苗颇可食用,成熟粗壮后,反而要借助其他方式加以利用,如捣汁,外敷伤口,内止痢疾。又可煮染,艾灸。

地黄

地黄花朵呈暗紫红色,有绒毛,花里藏蜜,可以吸食。花朵的形状很有特色,几乎是一眼就认出地黄的关键线索。叶片卵形,边缘有锯齿,叶面覆绒毛,叶背是紫色。

地黄的根茎是一味中药,未经加工的叫生地,经过加工的叫熟地,生地药性更强,熟地更柔和些。我国古代香方中常用熟地黄。白乐天曾作《采地黄者》诗:

麦死春不雨,禾损秋早霜。

岁晏无口食,田中采地黄。

采之将何用,持以易馆粮。

凌晨荷锄去，薄暮不盈筐。

携来朱门家，卖与白面郎。

与君啖肥马，可使照地光。

愿易马残粟，救此苦饥肠。

因为地黄可以补肾精，马食后毛发油亮。饥年穷人们便去采地黄，辛劳终日，交到富贵人家，换些马吃的粟，给自己充饥。

酢浆草

野生酢浆草常见黄、紫二色，小叶无柄，叶片成心形，掌状复叶有三小叶。酢浆草可治疗失眠，治疗传染疾病。

蒲公英（婆婆丁）

蒲公英大概没有人不认识。蒲公英叶子紧挨地表（基生），呈倒刺形，边缘是逆向的锯齿。开黄色小花，头状花序，舌头形状的花瓣，花瓣顶端裂五齿。在我的家乡，蒲公英叶子被称为婆婆丁，是早春时节的家常野蔬。

鸦葱

鸦葱是菊科植物，开小黄花。叶片窄且细长，边缘有褶皱。掐断茎叶，有白色浆汁流出。鸦葱开花前是乌鸦嘴一样尖尖的花苞，花谢后会结出白色冠毛的果絮，类似蒲公英。

苦荬菜

苦荬菜植株通常较其他春季野菜更高，这是辨识它的主要特征。苦荬菜和苦菜的花很相似，均为金黄色，但仔细观察会发现苦荬菜花朵颜色更深些。除了花的颜色，苦荬菜与苦菜的最明显区别在于苦荬菜叶片有耳状裂片，而苦菜是全缘或羽状裂片。

早开堇菜与紫花地丁

两种野菜均是全株可食，均有凉血消肿、治疗毒疮的益处。从外观形态上看，它们都有基生的叶片和淡紫色的小花，区别就在于早开堇菜的叶片更圆些，紫花地丁的叶片为细长形。

柳芽

柳树开花之前的嫩芽可清火消炎，北方农家多有食用。采回家需焯一遍水，再用冷水浸泡，双手对握攥干，可凉拌、摊鸡蛋、做馅儿。

古人常进食野菜，直到宋代，野菜仍是中国人的主要植物类食物来源。如今人们大量栽培蔬菜，野菜几乎从餐桌绝迹，野菜的清苦口味也逐渐远离我们的味觉系统。这一方面由于环境污染使食用野菜变得不那么安全，另一方面又有产业经济对人们生活习惯的改变和驯化。我倒是提倡偶尔吃一餐野菜，既平衡食物来源，又维持了味觉田野的生机。

三月

礼记云：东方者春。春之言，蠢也，产万物者也，注曰蠢蠢动也。

——《北堂书钞·岁时部二》

惊蛰

· 花间雅集 ·

春有三月。初月孟春,春寒恻恻,悄然水暖;二月仲春,春雷滚滚,乱花迷眼;三月暮春,春归何处,一江烟树。

时入三月(农历二月)仲春,是一年中花事最忙的时节,樱、桃、梨、李、棠、杏、丁香、紫荆、山吹、紫云英、酢浆草、二月兰……杂花生树,燕草生香。原本此时有花朝节,是古人庆祝百花盛开、祭拜花神的重大节日,与中秋并谓"花朝月夕"。只因日子与春分相近,花朝节渐渐被春分所替代。但春序正中、百花争望、郊游雅宴、赏花斗诗的盛景却令我追慕不已。

尝作花朝节花神祝文,以表恭敬效法之心:

夫京畿四野,林园丘圃,户牖楼苑,以繁华靡丽闻于天下者,盖自花神之驻留。然凡陶然、花乡花神庙种种,皆数尽毁,空留遗想。花仙祠畔琼管不现,古迹庙堂香火遁迹。唯未名湖畔花神庙,以慈济寺名,残余庙门,蕃育群芳。忆山墙彩绘天女散花及十二月花灵,殿东一亭,六角飞檐,庙北广植红杏碧桃。花朝之日,献花谢神络绎。

尔乃今有善男女，慕花神之媒娴，感花神之荫佑，谨以明洁之蕊，沁芳之茗，虽微，聊以致祭于京师众花神。中春赏，花荫醉。馥郁飘然，御倩风而至。善念惓惓，寄鸿蒙而居。是祷是礼，人神共鉴。

枝头春意闹，人也心生向往。平日里安于室的茶席、香席、酒席，此刻就想摆到日头底下去，变成花间一壶茶或者花间一壶酒。数年前与好朋友相约往苏州东山春游，车沿太湖大道一路行驶，桃红柳绿，青山似洗。我们看着路牌随机选定了陆巷村，逡巡入村，过一亭，复行百余米，便是怀古堂，用来纪念号称"海内文章第一，山中宰相无双"的陆巷族人王鏊。怀古堂内粒园的海棠花门框出一番小天地，如此袖珍的园林，面积上只怕比城中的环秀山庄还不及，然而厅堂明净，游廊掩映，造景布局上却别致许多。在一处幽僻的偏厅，院中靠云墙安置着高低两块太湖石，一口清井，几株山茶赖着光阴依旧绽放，石桌石凳，无甚其他。友人赞叹此处清雅，便折回车里取了茶奁，任凭她不多时变出小茶席，大家安住喝茶，不肯再走。茶过数盏，才发现门匾上书四字，"取静品茗"。

天色澄明，日光绕檐，窗影摇曳，静无人语。风过竹林摩挲。果然这般春日，随遇而安便是最好去处。

中国的古人尤好在春日里呼朋引伴亲近自然，有的往山里钻，有的就在自家园子里，留下诸多雅集佳话。惜乎今人再提起"雅集"，规格已经降了几等。一场茶会便可称为"雅集"，甚至一场中式服装发布会都能冠以"雅集"之名。而古人真正的雅集，焚香、品茗、抚琴、饮酒、赋诗、乘兴挥毫，一个都不能少。

历史上公认的三大雅集中，东晋绍兴兰亭雅集发生在"暮春三月"的上巳节；元末昆山顾阿瑛玉山草堂的玉山雅集数次，为诸集之最盛的一次，发生在"正戊子二月十又九日"，皆是山花烂漫之时。唯有北宋汴京驸马王诜之西园雅集的季节讯息并无明确文字记载。三次雅集皆有书画流传，历代也有不少的临本摹本。除了无可撼动的王羲之法书《兰亭集序》，我十分喜欢北宋李公麟版本的《西园雅集图》。白描画面简淡素净，人物神情超逸，无一点尘埃之气。苏东坡"着乌帽黄道服捉笔而书"，苏辙"坐于石磐旁，道帽紫衣，右手倚石，左手执卷而观书"，黄庭坚"团巾茧衣，秉蕉箑而熟视"，米芾"唐巾深衣，昂首而题石"，秦观"坐于磐根古桧下，幅巾青衣，袖手侧听"，道人陈碧虚"琴尾冠、紫道服，摘阮"，日本圆通和尚"袈裟坐蒲团而说无生论"。而西园的主人王诜在苏轼近旁"仙桃巾紫裘而坐观"……古器瑶琴，怪石清溪，坐禅问道，一时文豪。

米芾在《西园雅集图记》的末尾写道："水石潺湲，风竹相吞，炉烟方袅，草木自馨，人间清旷之乐，不过于此。"

与其他雅集图不同，作为此次雅集的亲历者，李公麟乘兴作画，并无一花，多是松柏、芭蕉、竹林，暗合了此次雅集的主题——焚香品香。花香袭人，春花尤甚，香会理应避之。可见这唯一不在花间的雅集，却因真实可信而更加值得细读。

古人高标不可企及，我辈只能在形式上做做样子。邀上三五好友，沏一盏春茶，花树之下席地而坐，憧憬一番袅晴丝，闲庭院，摇漾春如线。

某年暮春，一位师兄发给我一张他在海棠树下与友人喝茶

地气逐渐回暖，风信子和夏雪片莲钻出地面，野花季来了

的照片，朴素的汝窑茶器在轻盈的春日里稍显拙实，但巧在刚好有几片花瓣落入汝窑盏底，洇出一环粉渍，也很美。从照片里看得出那是西府海棠，海棠四品中最少女心的一品。《红楼梦》中宝玉居住的怡红院就种着一株，其势若伞，丝垂翠缕，葩吐丹砂。第十七回大观园试才题对额，一向只做正经文章的贾政也会给众清客解释说："这叫'女儿棠'，乃是外国之种，俗传出'女儿国'，故花最繁盛。"修筑大观园已是贾家最后的鼎盛，园中春色越是茏葱绮丽，挽歌越是悲凉。诸如"绕堤柳借三篙翠，隔岸花分一脉香"，儿时只感喟诗怎么可以写得这么好，长大后每每读来才觉感伤。这场旷日持久的"花间雅集"，终朝是要散去的。

说到底，再没有什么比中春花事更适合感受佛教所说的成、住、坏、空。花一夜全开，一夜尽落，极繁华透着极悲凉，也只有极繁华才会透着极悲凉。什刹海边宋庆龄故居里有两株西府海棠，已历三百年，年年爱花人慕名一往观花，据说颇多政要名流亦于此间留下轶事掌故。只是先人已逝，人间雅集难再，就连每年的游览赏花，偶尔也要吃上景区维护的闭门羹。

"海棠以苹婆、林檎、丁香为婢。"《瓶史》中这一则说的是插花的搭配，海棠为主枝，宜辅助搭配苹婆、林檎、丁香的枝条。林檎便是苹果，不过一个果树的名字，比舶来的"苹果"一词不知好听多少。

哦对了，苹果在日语中，仍是"林檎"。

节令乐事 · 抹茶红豆酥

材料:

饼皮: 低筋面粉(或普通面粉)220克、抹茶粉30克、白糖40克、黄油125克、水(或牛奶)70毫升、蛋黄2个(留一点蛋清)

馅儿: 红豆300克、冰糖100克(黄白单晶多晶都可)、干玫瑰花15朵(可有可无)

做法:

1. 黄油切丁,不要融化,趁冰着放入面粉、抹茶粉、白糖,用手揉搓至沙状。粗点细点都没关系,家常味道不需要很精确。低温是关键,如果手热,要提前把手冰一下。

2. 加入蛋黄、水,揉搓成团。揉的次数越少,最后的酥皮越酥。

3. 用保鲜膜包裹好，放入冷藏室，等到红豆煮好再拿出来用。

4. 红豆要煮 1.5 小时。我是用电饭锅，省去了煤气火候的麻烦，手指插进去，红豆与水等高即可，如果不小心水添多了，多煮一会儿也好。玫瑰花要早点挑出来，否则烂在豆泥里不好辨识。期间可用勺子轻轻捣几下，待凉透。

5. 将饼皮从冰箱取出来，用秤均分成 15 份。偷懒的方法是直接压平用刀切，大大小小的无所谓。

6. 饼皮擀平，把馅包进去。

7. 包好后，可以轻轻压平底部，整理一下形状。放入烤箱，220℃，10 分钟。

8. 取出刷蛋液，放回再烤 10 分钟。

茶席上，茶与点心的搭配原则通常是"甜配绿，酸配红，瓜子配乌龙"，似乎可以解释为什么人们觉得甜腻的红豆与抹茶是绝配。无论在家侍茶，或出门野餐喝茶，也可按照这一大致的规则搭配茶点，绿茶类就配甜甜的菓子，红茶配蜜饯，乌龙茶配干果、红枣之类。饼皮的做法适用于一切酥皮点心，核心要领就是油面分离才会形成层次，切忌过分揉搓。

· 藤萝 ·

　　读前人文章，常见"客居京中"字眼。要住多少年才可摘掉"客"字呢？我在心底盘算着。自己来京日久，虽未生于斯，长于斯，却自始无有"客居"之感，仿佛自踏入京中的那一刻起便知晓结局。然而，其时真实状况却是什么都没想过，了无思绪。

　　有几年住在北京南城，天气好的日子很适宜串胡同，看花赏景。东起先农坛、琉璃厂，西至白云观、天宁寺塔，南界大观园，北不过正乙祠戏楼，当间儿围起法源寺、报国寺市场、湖广会馆，这一带很适合寻踪觅古，常可一一与书中印证。

　　一次，渐渐走到琉璃厂后身一片胡同区，七拐八拐经过一间门庭紧锁的少年宫，绕过在建的楼盘，赫然见到"海柏胡同"的路牌。宣武门外大街嘈杂车声从不远处传来，此地却如同被遗忘，墙垣颓败，荒草无度，沿铁皮隔离障子泊着附近写字楼的几辆汽车。康熙二十八年（1689年）暮冬，42岁的孔尚任卸下疏浚河道的扬州任，辞别故旧，奉旨回京。行至山东曲阜老家，

紫藤

留家度岁,并于康熙二十九年(1690年)二月,抵达京师,寓居此地,自名"岸堂"。

他在自题《燕台杂兴四十首》的序言中写道:"蜗寓在宣武门外,距太学十五里。"《长留集》亦有诗名《岸堂予京寓也,在海波寺街,其前有青厂,乃先朝牧马处》。

三个世纪过去了,如今宣武门外既没有海波寺,也没有海波寺巷了。唯独这海柏胡同,与孔尚任诗中描绘的寓居之地极为一致。今海柏胡同向南,有前青厂胡同,继续向南又是一条马路,名西草厂街。

对于此番重归政治中心,孔尚任有《庚午二月自淮南还朝》诗,云:"三月征骖又还朝,入眼风光晓露消。禁院红多墙映日,御河绿重柳垂桥。"虽有康熙帝知遇提拔,但孔氏官场生涯并不如意,似乎至今仍不谙其中门道,无论是之前在淮扬治水,还是如今调回京城。他也似乎预见自己将在国子监坐冷板凳,诗中郁闷坦言"事事生疏资笑柄,向人难折病时腰"。

彼时的孔尚任不过一介京官而已,有才情,但并不凭此显名。他甚至对康熙帝提拔自己的用心有所疑虑,是当真认可他的才华,抑或不过是一个民心工程。每每在岸堂阶下逡巡徘徊,他也会回想起苏扬旧游。康熙二十六年(1687年)四月,孔尚任船过扬州时,结识了同在扬州游历的、年长自己三十岁的著名画家龚贤。应孔尚任之邀,龚贤参加了秘园的春江社雅集。二人吟诗会友,相处融洽。八月,龚贤先行离开扬州。临别时,孔尚任留诗一首企望后会有期:"何年饱愿求书画,同坐虚心论宋唐。"

两年后的康熙二十八年(1689年)初秋,孔尚任游历南京怀古南明遗事，如约再度拜访流寓南京的画家。龚贤一度官居晚明朝廷，画名居金陵八家之首，明亡后四处奔走，最终在南京清凉山筑半亩园，隐居不出，生活清苦。"我来访衡门，其年已高寿。坐我古树阴，饱我羹一豆。娓娓闻前言，所嗟生最后。"那日，二人在古树下促膝长谈，孔尚任意犹未尽甚至留下来吃饭。龚贤将前朝遗事倾囊相诉，这次长谈对孔尚任十年后完成《桃花扇》的剧作起到了很大的作用，有学者认为孔尚任在《桃花扇》中描写的晚明官场现状皆来自内部人龚贤的讲述。

然而，孔尚任拜别没几天，龚贤遭权霸抢画，一病不起，气绝身亡。孔尚任收到龚贤学生的求助信，急急驾车返回清凉山，已无力回天，写下《哭龚半千》诗四首，录其三：

尺素忽相投，自言罹大病。缘有索书人，数来肆其横。问我御暴方，我有奚权柄？哀哉末俗人，见贤不知敬！郁郁听其亡，谁辨邪与正？

野遗归命辰，己巳秋之半。余时侨金陵，停车哭其闬。疏竹风萧萧，书籍已凌乱。子女绕床啼，邻父隔篱叹。君寐不复兴，天地自昏旦。

遗堂多秋花，山气翠当午。不见扶筇翁，入门泪如雨。吊客掉臂归，云烟纷无主。砚弃笔亦焚，书画徒相许。追悔赴约迟，遥遥成千古。

孔尚任决定抚其孤子，收其遗文，移柩于龚氏故里昆山渡桥镇。（见《国朝画征录》之龚贤传）遗老们一时"皆感高义，泣下沾巾"。（宗元鼎）处理完后事，孔尚任去往栖霞山，拜访了白云庵的张瑶星道士。张瑶星，名怡，曾为前朝锦衣卫，明亡后隐居栖霞山，后成为《桃花扇》张薇道士的原型。而后，孔尚任启程赴京,住在海波寺街。《湖海集》时代结束,《岸堂稿》时代开始,《桃花扇》的故事已渐显露。

康熙三十四年(1695年)秋天,坐了五年国子监冷板凳的孔尚任擢升户部主事、宝泉局监铸,相当于中央铸币局局长,官运再现腾达迹象。康熙三十八年(1699年),拿着清廷俸禄的孔尚任完成悼念前朝的《桃花扇》书稿,王公荐绅,莫不借抄,一时有纸贵之誉。

北京的春天,日头已露凶猛之势,正午时分晒得人头晕目痛。海柏胡同上空隐约回响着"小生侯方域,书剑飘零,归家无日……"那些过往听过的戏文,令人抓心挠肝地思想不停。他怎么敢呢?他是怎么想的呢?大清开国已定太平,早已不是遍地烽火,他没想到忤逆圣心吗?

康熙一朝力主满汉融合,有意亲近汉臣,安抚遗老。作为衍圣公一门的孔氏族人,孔尚任在朝为官,为康熙赢得了不少人心。京中豪门对孔尚任也是乐于结交,礼敬有加。

据《桃花扇本末》记载,当年(1699年)秋天的一个傍晚,内侍奉康熙皇帝之命,来孔尚任住处索取《桃花扇》入宫,皇帝着急要读。但孔尚任已经不知道自己的底本传抄到哪一家了,于是想起最早抄阅的张平州府上。张平州籍辽阳县,隶属汉军正黄旗,宅邸在京西郊,内侍前往觅取,午夜方归内府,进上阅览。康熙阅后作何感想,史书并未见载,朝廷上也未见一丝波澜,孔尚任照旧当着自己的差。转年1700年春季,宫廷内班开始排演《桃花扇》。一切是不合常理的平静。

一切的不合常理很快就有了合乎常理的解释。

凡是帝王,任凭你宽容大度,悯文惜才,终是有社稷底线的罢。孔尚任的才情无意触及了底线,却不自知。康熙帝冷处理了整个事件,书未禁,戏照演,孔门毫发无损,甚至孔尚任本人也不过罢官还乡,不再被提起。

离京前,孔尚任写下一首七言律诗,概括自己十年京宦生涯:"朝朝吟啸此堂阶,一架藤萝惬旅怀。青草官田邻马苑,海波萧寺接天街。更翻题句无闲壁,缓急供茶少积柴。弹指十年官尚冷,踏穿门巷是芒鞋。"

海波寺、青厂、马苑、天街、御河都已不在,仅留地名透露出曾经的人世变迁。

一架藤萝惬旅怀。又是藤萝花开的时节,路过海柏胡同,斯人旅怀已许久无人凭吊。京中岁月长,离合兴亡写尽,谁又知己身谁来书写。

《桃花扇》末文唱道:

俺曾见,金陵玉树莺声晓,秦淮水榭花开早,谁知道容易冰消!眼看他起朱楼,眼看他宴宾客,眼看他楼塌了。这青苔碧瓦堆,俺曾睡风流觉,将五十年兴亡看饱。那乌衣巷,不姓王;莫愁湖,鬼夜哭;凤凰台,栖枭鸟!残山梦最真,旧境丢难掉。不信这舆图换稿,诌一套"哀江南",放悲声唱到老。

节令乐事 · 押花书签

材料：厚书、纸巾

做法：

1. 摘取新鲜的，或已发蔫但尚未完全干枯的植物部分。通常后者会更服从摆弄，容易按照手指铺开按压的造型固定。如果植物实在难以控制，可用硬币等重物压住一个花瓣或一片叶角，一点点地固定。

2. 垫纸巾，夹在较厚的书里，书最好是不易弯折的硬皮精装本。

3. 多压几本重书在上面，或紧紧塞在书架里。前者的好处是不易移动；后者的好处是很容易遗忘，若干年后再翻起想来也是惊喜。

纸巾的作用是防止花汁沾染书页，且纸巾吸水性强，可令花叶尽快干燥。这个方法参考了《忏悔录》的作者卢梭晚年一系列短小的植物学随笔中所提到的压制植物标本的方法，可以用来携带旅途中随手采集的植物标本。

四月

长清短清,哪管人离恨。云心水心,有甚闲愁闷。一度春来,一番花褪,怎生上我眉痕。

——《玉簪记·琴挑》

清明

· 踏歌 ·

"李白乘舟将欲行,忽闻岸上踏歌声。"这是儿时第一次闻说"踏歌"。我问母亲为什么不是唱歌,母亲答,踏歌是有动作的,边唱边跳。

有了这般待遇,想必离别也不那么凄苦了。

后来在南宋胡三省注《资治通鉴》中见到了标准答案:"踏歌者,连手而歌,蹋地以为节。"

踏歌贯穿于中国的历史。先秦《诗经·郑风·溱洧》中有"溱与洧,方涣涣兮……洧之外,洵訏且乐。维士与女,伊其将谑,赠之以勺药"的描述,说的正是三月上巳节的游玩盛况。青年男女互赠芍药,俨然一个疏朗明快的中国式情人节。扬之水先生在《诗经别裁》开篇写道,诗三百是和乐而歌的,《诗经》实则是从民间经过"采诗"而集结的民歌集子,"男女有所怨恨,相从而歌。饥者歌其食,劳者歌其事"。我便在脑海中浮想联翩,西周的踏歌是对歌吗,还是齐唱?抑或如游吟诗人一般边走边兀自低吟?用的是哪一地的方言?上巳节的前身是名谓"祓禊"(fúxì)的消灾祈福仪式，人们在每年春秋两季汇聚于水滨，用兰草沾水洒身，消除灾厄，给自己带来好福气。《周礼》中尚有掌管祓禊之礼的官员。汉以后，春禊逐步演变为上巳节，世俗游赏意味渐起。东晋永和九年暮春之初会稽山阴兰亭的那场聚会，便是祓禊之礼的延续。近年已经有人在阴历三月初三着汉服游园，试图还原上巳节旧貌，吹拉弹唱，一时风雅，可惜至今未见踏歌重现。

20世纪90年代由北京舞蹈学院采集中原民间舞蹈并参考魏晋、南朝文物、壁画上的舞蹈动作编排的古典舞作品《踏歌》，复原了汉代踏歌的旖旎。气韵流贯，仪容惝怳，水袖曼妙，称得上一次成功的尝试。"提襟""一顺边"等古典舞动作元素也撷取得十分传神，造化了一派意态消闲的融融春意。舞蹈的填词也颇有汉代《乐府诗集》遗风：

君若天上云，侬似云中鸟。相随相依，映日御风。

君若湖中水，侬似水中花。相亲相恋，与月弄影。

《诗经》与《乐府诗集》都是采集民歌而成。到了唐代，出现了文人有意识的创作。当时蜀地存有一种民间小调，名曰"竹枝词"，歌咏民风民俗再合适不过了。参与政治革新失败的刘禹锡，谪任夔州刺史期间先后写下11首竹枝词，"踏歌"这一母题被反复歌咏。

杨柳青青江水平，闻郎江上踏歌声。

东边日出西边雨，道是无晴却有晴。

又及，

春江月出大堤平，堤上女郎连袂行。

唱尽新词欢不见，红霞映树鹧鸪鸣。

竹枝词虽由文人创作，但本质上仍与《诗经》和《乐府诗集》一脉相承，注重音乐性和口头传唱，无论是贩夫走卒，还是农人渔夫，都可唱出几句。也见得踏歌实在是再普通不过的民间游戏，是很直接、很原始的一种情感表达。我们已无从目睹古时踏歌起舞的场景，刘禹锡在《竹枝词九首并序》中稍有描绘：

  四方之歌，异音而同乐。岁正月，余来建平，里中儿联歌竹枝，吹短笛，击鼓以赴节。歌者扬袂睢舞，以曲多为贤，聆其音，中黄钟之羽。卒章激讦如吴声，虽伧儜不可分，而含思宛转，有淇澳之艳。

  由唐至宋，踏歌更多地进入文人视野。王安石在《秋兴有感》中写道："宿雨清畿甸，朝阳丽帝城。丰年人乐业，陇上踏歌声。"苏东坡《赠梁道人》云："神仙护短多宫府，未厌人间醉踏歌。"另据《宣和书谱》记载："南方风俗，中秋夜，妇女相持踏歌，婆娑月影中，最为盛集。"孟元老在《东京梦华录》中也记载了皇帝寿宴上的情景："第八盏，御酒，歌板色，一名唱踏歌。"宋初官修《太平广记》中也找得到"踏歌"的痕迹，言浚仪王家女婿裴某酒醉被误葬，醒后言其在阴间，"闻群婢连臂踏歌。词曰：'柏堂新成乐未央，回来回去绕裴郎'"。踏歌之神通广大，可节庆，可哀悼；可宫廷，可民间。

  据传渐渐开始的缠足风俗，使踏歌淡出了汉人的生活，只在少数民族当中仍有保留。站在历史的节点回望唐代"三百内人连袖舞，一时天上著词声"的香脂软玉，复见南宋马远《踏歌图》中的四位手舞足蹈的老者，怔忡之余，仿佛见证了一个文明从青春烂漫，逐渐变得成熟睿智，也平白添了束缚。

  我喜欢各地的民歌，江南的《采茶曲》《紫竹调》《拔根

马远《踏歌图》

芦柴花》,塞北的《牧歌》《乌苏里船歌》,走在山间小路,好像总有冲动淤积在胸口,不唱不快。特别是下山的时候,脚步轻快,步履不停,很容易走出稳定的节拍来,有时也就顾不得路人的眼神了,兀自陶醉在自己的歌声里。

"踏歌椎鼓过清明",清明远足,除了游玩,更为祭祖。虽是祭奠,却并不悲伤,反而由衷地感到生之喜悦。

因为某种习俗的存在,便能记住过往所有年份里某日的天气。比如,无论我在哪里,端午当天或第二天准会下雨。因为老家有系五彩线的习俗,端午后的第一场雨要将其剪下,许愿,而后随雨水冲走,故格外关注端午节后的天气。至于清明,以清寒湿冷为多,关于清明的记忆总是笼着一层水汽。

人生中第一次见识祭祖活动,是在我先生的浙东老家。祖坟在竹林深处,林中并无路,需由相伴同行的家族队伍踩出一条路,我甚至不清楚长辈们是靠什么年年都能找到这里的。清明正是冒笋的时候,稍不留意就要被笋尖扎到脚心,很疼。五彩纸旌帆,用细细的竹节挑起,插于高处。一碟一碗的供馔,用竹篮装来,与香烛一并排开。有酒,有菜,有米,有面,有鱼,有肉。婆婆不允拍照,恐不吉利。爷爷奶奶是最心切的,绕着高坟"检视"好多圈,这里除除草,那里堆堆土,口中还念念有词。我虽听不懂,猜也猜得到是保佑儿孙之意。众人逐一跪拜行礼。我对于所拜之人一无所知,我不认识他们,甚至都没有起念去想想他们的模样。但我还是心甘情愿地拜了,像在感激什么。

仪式结束,气氛一转,大家开始愉快地挖笋。这片竹林最初是爷爷种的,今日已自行开疆拓土不知边际。爷爷一镐挥下

晒笋

去,一颗笋干脆利落伏下。我一镐挥下去,要么将笋头拦腰砍断,要么镐头嵌进土里拔不出来。想起禅宗说法,看上去简单的事情做起来总是最难的。

刨来的笋就用刚刚装供品的竹篮挑回去,当即剥洗干净,笋壳霎时堆成小山。切滚刀块,用高压锅和酱油炊出香软的一锅,是如何也吃不够的,嘴上说不吃了不吃了,筷子还要再夹一口。若是笋片炒年糕,笋尖的部位是一定要片片切整齐的,鲜嫩不可浪费。这样粗放的一锅反而不挑剔了,连纤维粗大的笋根亦不招人嫌弃。

此间民风粗粝,日常用度并不十分讲究,却极在意食材精度,比方某种菜,一定要某山某村的笋才好烧。祖屋临海,虽有竹林数顷,常随手烧些小菜,可一旦要吃"咸笋",非山里的羊尾笋不可。羊尾笋要细剖成丝,用盐压,用来炖肉或洗掉盐粒佐白粥,都好。据说海边的笋烧不出山里的笋的味道。有族中长辈拿出手机,给某家媳妇拨去电话,转头笑盈盈地说:"放心吧,我跟她电话里讲过了,她去山里娘家拿些来,给你们带去北京。"

清明的青团,各地做法虽异,多数还是用艾草。此地做青团则用鼠曲草,又叫清明菜,较艾草更嫩,关键是游丝般的纤维可令青团充满韧性,不会一团软塌毫无筋骨。甜口用软糯的红豆糜安抚,咸口则用豆干、春笋、雪菜切丁略炒,甜咸分屉,众口太平。

节令乐事 · 椿芽蛋饼

材料：

香椿芽 2 两、

鸡蛋 2 个、

酱油 1 勺、

面粉 2 勺、

植物油 2 勺

做法：

1. 香椿芽洗净，用开水汆烫，颜色从红转绿即可捞出，过一下凉水。煮时间过长则失去鲜味。

2. 切碎，与鸡蛋、酱油、面粉一同搅匀。

3. 热锅下油，倒入全部蛋糊，转锅令蛋饼摊圆。如果蛋糊过于浓稠，可借助锅铲平整。

4. 待凝固可晃动即可翻面，双面金黄即可出锅。

香椿芽期甚短，与南方的菊花脑、马兰头、荠菜、春笋尖一样，是值得把握时机品尝的鲜味。但此类时鲜多具生发性，易鼓动旧疾，年长和宿疾者慎食。

谷雨

· 牡丹 ·

几年前随花道老师同往京郊戒台寺,为翌日的大方丈升座仪式布置插花,佛尘缭绕之间,第一次见到了戒台寺的牡丹。

戒台寺的牡丹园兴建于清代,为乾隆皇帝游戒台寺时御赐,品种名贵,更有神秘相传的黑牡丹,虽然我并没有亲见。每年谷雨时节,园中牡丹次第绽放,花期不长,但足以等来有心人。矮篱笆围起的几亩地里,一丛丛牡丹依山势延伸到寺院的红墙脚下,模样与别处并无二致,只是日日在香火和磬声中修得了几分谦和。

我是有福气的。

中国的牡丹繁育历史已有千年,牡丹品类浩繁,花型硕大,花姿雍容。我极喜欢牡丹的名字,堂皇如"乌龙卧墨池""贵妃沈醉""蹙金珠",攒金叠翠;清逸如"雨过天晴""玉楼春雪""太真晚妆",质如冰玉。仿佛牡丹一开,春都贵气了。

公元700年,牡丹传入日本,相比于低矮灌木的中国牡丹,日本人将牡丹培育得更加轻盈挺拔,色彩更为纯粹。于是有了

"岛锦""芳纪"等具有日本色彩的名字。

1840年，英国人罗伯特·福琼从中国带回国24个牡丹品种，这种如今被寓意了繁荣、长寿的西方热门花卉才真正在欧洲扎根。显然，牡丹很合西人喜好体态丰腴、色彩昂扬的品味。于是，经过一个多世纪的杂交，又有了"路易斯·亨利夫人""乱世佳人""未婚妻"，凡此种种。

据说，在所有牡丹的品种里，白牡丹是最香的。《红楼梦》中宝钗因体内的热毒，需要服用冷香丸，白牡丹就是其中一味重要药材。这冷香丸要用"春天开的白牡丹花蕊、夏天开的白荷花蕊、秋天开的白芙蓉花蕊、冬天开的白梅花蕊各十二两"，采遍四季之蕊，于次年春分这日晒干，跟药引子一起研好。

这还只有一半。"又要雨水这日的雨水、白露这日的露水、霜降这日的霜、小雪这日的雪各十二钱"，尽集一年的寒凉。

有了药末，有了水，才做得了"龙眼大的丸子，盛在旧坛子内，埋在花根底下"。

至于服用，"发病时，取一丸用十二分黄柏煎汤服下"。读到此处，至香、至纯、至冷便是这冷香丸的精髓了，不禁一叹。我等凡夫俗子，病了乖乖就医吃药，有些人甚至一辈子没见过白牡丹，曹雪芹却精致至此，白牡丹、白梅、白芙蓉、白梅花，各式香种，信手拈来，就成了这"海上仙方"。

我见过的养花弄草的人鲜有侍弄牡丹的，大概因为价格并不亲民，栽植又极为讲究，却不如月季可以经年开放。花市里也只有谷雨前后两三周有牡丹上市，少则三四十元，多则五六十元，而蔷薇和石竹梅一束只要十元钱，可以开很久。我的邻居家院子里倒种了两株牡丹，荷粉色的玲珑花苞谷雨过后

牡丹

一夜绽开，蹲在旁边似乎能听到窸窸窣窣的声响，从未爽约。去年乞得主人的同意，让我随自己喜欢剪了两枝去，一枝全开的，另一枝半开的，再从枝丫处剪了一段叶子，凑成三枝，按照一定秩序插在篮里，便是一件牡丹生花单品。

"唯有牡丹真国色，花开时节动京城。""国色朝酣酒，天香夜染衣。"在遥远的长安，唐人从不吝惜对牡丹的偏爱。牡丹是出土的铜镜、陶瓷等唐代器物上最常见的纹样，也有如周昉的《簪花仕女图》中那样直接将牡丹簪在头顶的。此画近年在辽宁省博物馆展出，右起第一位贵妇人曳着猩红色长裙，外披紫色纱衫，正在逗弄宠物小狗，而头顶那朵大牡丹，也被驾驭得服帖。唐人的自信与牡丹的气度相得益彰。唐以后，恐怕再无女子敢在头上簪一整朵的牡丹花了。五代徐熙用没骨画法画过一幅《玉堂富贵图》，堪称传奇。画上牡丹满纸点染，华贵艳丽至极。即便如此，花是花，人是人，花与人分离了，总觉得不如唐画中仕女头顶招摇的牡丹可爱。

几年前谷雨时节，我们几个要好的女孩子特意凑到一处，效法唐人在头上簪牡丹花。有人负责梳头，有人负责簪花，而我只要负责带锡纸和有机棉团就好。对于我这样的厨娘和妈妈，这两样东西实在是家中常备品。牡丹取花头，保留寸许长的花茎，用浸饱水的棉团包裹在末端；细细地裁出三四厘米见方的锡纸块，裹在棉团外面保持水分；最后要靠巧手的姑娘帮我们每个人盘出发髻，将裹了锡纸的牡丹花小心插进去。呵。

唐人赶着暮春妖娆，上至王公贵妇，下至市井民家，浩浩汤汤，乐游原上。而我们却只能躲在小院里，读书、喝茶、听琴，自我欣赏、互相欣赏。打扮成这样，是必不敢走出院门半步的。

牡丹手绘

一墙之隔的院外，是京城的车水马龙。

我曾经工作的机关大院里种着三株牡丹，矮矮地长在院墙的西北角，十分低调。紧挨着是两棵高大的玉兰，入春时节，粉黛玉面，一树灼灼，连院墙外的行人都要驻足观赏拍照。单位每年组织的摄影大赛、诗文大赛，不少获奖作品是关于这两棵玉兰树的。相比之下，树下的三株牡丹就寥落得多了，虽然每年春天都会悄悄冒出紫色的花芽、小手掌形的嫩叶子，继而开出玉盘般的牡丹花，但沸沸扬扬的花事已过，四月底，人们已不再关注哪些花落，哪些花又开了。偶尔午休散步从墙角经过，看到地上落满了肥腴的牡丹花瓣，才意识到，哦，原来已经开过了。还真有些虎落平阳的不得志。

谷雨是春季最后一个节气。暮春已尽，姑且在此录几则看花日记：

4月3日 西山大觉寺

山寺古玉兰已尽数谢去，人们依旧把她团团围住，拍照，不肯散去。活了几百年，见了那么多人，一定很累吧。明慧茶院茶客喧嚣，有女子在檐下演奏古筝，面无表情，孩子钻到琴桌下，扯她的裙子，她也毫无反应。前年清明，于此地赏花喝茶，穿着碎花蓝袄，有摄影师客气地过来问能否拍我喝茶的侧影，请我放心，不会露出很多脸部肖像。

4月7日 北京动物园

此地原为大清园林，始建于光绪三十二年，兼辟作农事场，花浓水密，十分难得。无奈游人甚众，令人视为畏途。园中正是丁香花期，香积云篆，笼人鼻息。垂樱高大，花瓣簌簌飘落，很美，可惜相机抓不到。美人梅低垂水面，溶溶沃沃。单瓣棣棠比重瓣棣棠大方，坦然地开着。

两棵著名的海棠树分立龋风堂前。付十数元茶资，可在花树下枯坐良久。

4月20日北海公园

一日看尽春色。湖山晴明，绿野扶苏，柔风款语。园中楸木开花，古茂擎天，牡丹独占别苑，紫藤与黄蔷薇扰扰攘攘，丁香是不多见的粉紫色，白色木绣球随风摇曳，燕子花倚岩而生，二月兰躲在树影里。

寻木香不遇，坐船上琼华岛，亦不寻。然兴已尽，欣然而归。途中反复咂摸汪曾祺先生所作"木香花湿雨沉沉"的境意，欲罢不能，索性找时间又去故宫找治印师父刻了这句诗。闲章要反复用，于是去了"木香"二字，只留"花湿雨沉沉"五个字。（补记：后来有朋友再去北海，见到了那株垂条如瀑的木香，告知我在阐福寺内，惜乎花期已过。此为后话了。）

4月24日家中

从友人婚宴上带回几枝花，插在瓶中，甚觉可爱，遂画小像一帧留念。楼下正在从暮春向初夏过渡，开花时遮天蔽日的山杏树，已静静长出青涩的果子。山楂树和金银木结出花苞，也开了许多。红瑞木开出娟细的小白花，全无冬天里的样子。天色寂寂，云缕温柔，俄而风浓衣香。

二月兰手绘

节令乐事 · 牡丹簪花发饰

材料：牡丹花、棉花团、锡纸

1. 剪下牡丹花头，注意留 3—5 厘米的花茎。
2. 用浸透清水的棉花团，裹住花茎。如果没有棉花，用足够厚的纸巾亦可。
3. 用锡纸裹住棉花团，利用锡纸可塑形的特点，捏成适于簪入头发的形状。
4. 头发可低绾，可高盘，也可垂髻，甚至短发也能簪花，必要时可用黑色发卡固定。

五月

五月尾，野樱桃在小路两侧装点了精细的花朵，短短的花梗周围是形成伞状的花丛，到秋天里就挂起了大大的漂亮的野樱桃，一球球地垂下，像朝四面射去的光芒。它们并不好吃，但为了感谢大自然的缘故，我尝了尝它们。

——《瓦尔登湖》

立夏

·初夏况味·

如果节气有性别，立夏应该是个姑娘罢。一春的喧闹，到此时渐渐文静起来。五月的枝头，群芳放缓了更迭速度，不再像春日里一夜骤放、一雨凋零，人们也不再忙着赶轰轰烈烈的花期。日渐浓密起来的树荫衬得光线柔和，早晚仍得凉风款款，正午也不必躲闪日头，日子变得绵软悠长。

这正是一年中的"黄金时代"，至少北方如此。

水果摊上隔三差五就要添些新花样。春节一过草莓、鲜橘上市，春分前后有甜瓜，仲春又多了樱桃、桑葚。甫入夏，各色桃子、杏、杨梅、枇杷火急火燎地往最显眼的位置上摆，按说再耐心等些日子才会香甜，特别是白枇杷，汁水会更加饱满。可商机往往是等不得的。

我的先生祖籍浙东沿海，老家尚有叔伯靠海谋生。我很喜欢喝婆婆做的蛤蜊汤，贝壳雪白，肉极细嫩，唇齿相扣的瞬间便有鲜美的汁水涌出。几棵菠菜漂在汤里，几粒碎姜，清清白白。有一次身体不适，胃口寡淡，只有婆婆做的蛤蜊汤尚可入口。

滚烫的汤水下肚,最后倒也不治而愈了。春夏之交,北京的家里会收到活螃蟹、醉泥螺、海苔,还有先生从小就爱吃的小白虾。小白虾不易存活,都是焯熟了再分装在饭盒里寄来的。电话那头的人说着上周家族聚会只少你们两个,小叔家读二年级的阿妹上个月表演了古筝,二叔家的阿婶在后山上开了一块地,打算试试种猕猴桃。渔人生性豪迈,先生手机听筒里传出的话在我们略显寂静的家里如同开了功放。

  立夏斗鸭蛋,这也是我在南方才听说的习俗。青色的一颗蛋,用彩色丝线编成的网兜兜着,再由孩子们拎着到处展示。乡风难改,仿若儿时端午,母亲会郑重其事在我的手腕和脚踝系上五彩线,读大学后只身来到北京,每逢端午依旧学着母亲的样子照做,却只引得同学的讶异与好奇。南方的婶母家养了几只鸭子,酷爱在海边闲逛,逛累了就到后山上藏起来。鸭子潇洒了,主人却要挨累,满山满海地找鸭蛋,这边草丛里捡两个,那边泥塘里挖三个,就这样东拼西凑,就成了我月子里的营养餐。鸭蛋比市上卖的小很多,青色的蛋壳,透明的蛋白。据说有城里人出高价问阿婶买,阿婶不肯卖。

  初夏蔬食中最喜欢的还是新茄与蚕豆。新结的茄子是极淡的紫色,细细小小就像汉语里的逗号,幼嫩程度是北方盛夏那种黛紫色和绿色的大茄子不能比的。这种初夏的茄子或用绍酒热烹,或切成细丝压上蒜泥,都是好味。阿婶家种的蚕豆是灰绿色的,一颗一颗硕大浑圆,与杭州一带秀气嫩绿的蚕豆不太一样。蚕豆在四川叫胡豆,宁波这里还有叫倭豆的。从豆荚中拨出,放入锅内水煮,捞起,略撒薄盐,或是与稻米同煮,做成"蚕豆饭"。讲究的人只吃去了皮的蚕豆,我倒是无所谓的。

立夏节分的蔷薇花

某一年的暮春傍晚，开车误入一条乡间小路，两侧缓坡上满眼油绿的茶园。采茶季已过，这里倒落得个清静。浙东沿海的茶生长迅速，逼着人必须趁残冬寒意尚未去尽采茶才好。当地的绿茶名叫望海，便是惊蛰时节早早掐下的嫩芽，鲜爽无比。我喜欢看干瘪的绿茶叶子渐渐吸饱了水，变肥，变绿，抻个懒腰，舒展开筋骨，重新活过来。杯中热气蒸腾得人浮想联翩，采茶女指尖凤点头一般伶俐，衣衫涔涔，分不清露水与汗水。

我自己的家乡在很北的北国，居住的楼房依山而建，每年五月立夏过后，北方漫山的槐树一同盛放，花气浓得化不开。一阵风扫过山林，古老的枝干簌簌作响，空气中结结实实的槐香堵在鼻孔里，霸道地让人对其他气味暂时失忆。

我的家就湮没在这一片花海中，鸟声悦耳，树冠光华，离家多年，儿时的记忆不曾模糊。

在我很小的时候，每逢五月花期，总有一对外地的养蜂人在山林的边缘搭起帐篷和炉灶，我们的"邻居关系"会持续到这一片雪白凋败。他们将蜂箱摆成整齐的几排，虽然父亲一再宽慰我这些蜜蜂是不蜇人的，但每次从这条路进山还是会紧走几步。

养蜂人在路边树荫里置一条凳，浓稠的蜂蜜灌在朴素的玻璃瓶里，排在条凳上，每瓶5元，但母亲往往犹豫着舍不得买。

奶奶倒是舍得。那时放学早，要先到奶奶家等父母下班来接，于是进门就喊口渴。奶奶懂我的小算盘，笑盈盈地从高柜子顶上拿下玻璃瓶，拧开盖子，一根筷子抵在瓶口，粘滞的蜂蜜缓慢地顺着筷子流到碗里。再麻利地抽离筷子，竖起瓶口，细细查看有没有蜂蜜残留在瓶子外面。我定定地看着奶奶熟稔地完成这套程序,再从地上捞起暖水瓶,"哗"的一声,温水冲入碗里。等不得蜂蜜化开,我端起碗抿一口,祖孙二人相视粲然。

待我长大,五月的槐花依旧雪白,奶奶已下世多年,养蜂人也不再来了。如今家中蜂蜜全是进口的,狠狠舀一大勺,调制甜汤,或淋在新烤的点心上做装饰,没有心疼。

节令乐事 · 青梅酒

第一次泡梅子酒,完全是因为意外地在杭州西溪湿地的梅树下捡到许多坠落的青梅,小小的一颗,丑巴巴的。带回北京家里,泡出的梅酒却有琼浆之味。微微泛着金黄色的光泽,浓稠的甘汁悬浮可见,无论是色泽还是口味,梅酒都很适合女孩子,即便贪杯也不会觉得失态,于是每年这个时候都会买一些青梅来泡酒。

据说,每个人做出的梅酒味道都不一样,无法预料也是有趣的一部分。

材料:

广口容器、青梅果实、黄冰糖、高度白酒(或日本清酒)

做法:

1. 容器和青梅,洗净,晾干。看了电影《海街日记》后,我才知道用牙签在梅实表面戳些小洞是更地道的做法,大概因为梅味更容易渗出来吧。只是我嫌麻烦,固执地忽略这个步骤。

2. 一层青梅一层冰糖地在广口容器内码放好。个人认为用黄冰糖,最终酒的颜色和味道都更好一些。如果是多晶大块冰糖,就在青梅之上压一大块就好。总之,冰糖重量约是青梅重量的一半。

3. 倒入白酒,没过青梅和冰糖,密封盖好。酒的度数不能太低,否则水果味道很难萃取出来,

酒体也容易发霉变质。

4.至少泡一个月，多无上限，时间越久梅子香味越醇。每次用干净的酒提舀出，或倒出来喝。保存条件合适的话，可以一直存放。电影《海街日记》里姐妹们还保留着10年前外婆在世时的陈酒。

青梅细雨枝，虽小也得摘下了，泡酒还是青的好，生津消暑。梅酒是泡的，不存在发酵过程，并非酿酒。青梅多用来泡酒或腌渍。待梅实甘软，便是"黄梅时节家家雨"的梅雨季节，可共鸟儿啄食。上秋前，梅实再熟透软烂，便可做梅酱了。

小满

· 染女 ·

2013年,是我在法院工作的第三年。因为始终放不下对古书画的喜爱,每周三下班后,会搭乘地铁回学校旁听艺术学院的中国美术史课程,久了便与课程助教熟络起来,一位很美的研究生姑娘。她可怜我空着肚子斜跨一整座北京城太辛苦,会好心地在前排帮我留一个座位。我们一起聊她正在写的关于《潇湘八景》的论文,聊艺术史学界和艺术品市场的现状,聊对暑假实习和未来工作的苦恼。作为正从事着一份不那么喜欢的工作的大龄校友,我羡慕她还可以同老师探讨笔法问题,羡慕她排满的课表和日程,甚至羡慕她的烦恼。

临近暑假,课程结束,我们没有了见面的契机,逐渐疏远,彼此近况亦无从知悉,只隐约听说她放弃了到德国读艺术史博士的机会,结婚生女,离开了北京。

2017年,在我即将随被派往纽约工作的先生离开北京前不久,收到她寄来的包裹。牵开仔细系起的蝴蝶结,是一方绞缬法染就的蓝色丝巾。

是她亲手染的。我很确定。

这条蓝染丝巾也加入了赴美行李当中,连同indigo这个词语,一同更新着我对这门古老技艺的认知。在我原先的认知体系里它只是一个连锁酒店品牌,其实indigo的本义是蓝染。

我道谢。她很腼腆地发了先生的照片给我看,是新闻联播的截图,她的先生在向记者介绍遗落的民艺,神情专注平静,是学者的模样。我又读了她发表的论文,对浙南夹缬制作技艺传承现状所做的调查。我读到始于秦汉的民艺如何伴随了上千年的岁月;日本正仓院和大英博物馆如何收藏了夹缬文物;苍南雕制花板的匠人如何稀缺,要动用人情关系才能拿到花样子;改革开放后新技术带来了花样众多、成本低廉的纺织品,古法染缬成本太高,如何被束之高阁。传统夹缬好一点的结局是进了博物馆,糟糕一点的是彻底消亡。她所做的是帮助这些古老民艺回归日常使用,不是单纯怀旧复古,而是作为一种材料更环保健康、款式更清静雅致的商品,重新进入市场。《诗经》唱的"终朝采蓝,不盈一襜",是她理想中的柴米油盐的生活。

至于不同植物能够染制的不同色彩,妃色、炎、月白、竹青、秋香、靛青、青黛,是另一位姐姐教给我的。或因与她相识是在开满杏花的山里,且姐姐长发及腰,着曳地长裙,我对她自始至终有仙姝的错觉。沉心从事植物织染这么多年,有一家出版社想请她记录下自己的实践经验和山居感受,苦于个别植物在北京山区找不到实物,她问我是否可以帮她画下来。

"可是……我没有受过专业的素描训练,画不了植物图谱那么精细。"

"你不要担心,我看过你画的花草,很朴素,很简单,但是是有感情的。"

她觉得读者如果想看更准确精微的植物模样，自会去检索网络照片。她希望我能做的，是向读者传达不同植物的脾气、性情。比如姐姐让我试画的紫草，曾经染出的紫衣，极受世宦贵胄喜爱。"齐桓公好服紫，一国尽服紫。"以至于要专门颁布法令，以礼制约束人们减少在昂贵的紫衣上所消耗的金银与心思。如今虽然化学染料让人们不必为紫衣付出更多的成本，但却如何也复制不出紫草根染出的正统紫色。那需要低温且多道程序：织物裹入山茶灰或明矾，再放到染液中浸染，反复多次，才能固着紫色。而紫草根的生长量并不高，紫草根能产出的紫色染料更少，紫草染还非常挑材质，非丝绸不能匀亮，因此紫物的价格居高不下。

我略有些无措。回家后，依样动手画了一幅紫草。孱弱的地上小花，地下却有强大的根系，如麻绳扭曲缠绕，表皮紫色。所谓"染之妙得于心，色之妙夺于目，工一也"，其来有自。

那日，在仙姊的山房还见了米黄色的槐米，红花和茜草，两只手都合不拢的坚硬的黑色大皂荚。知道任意一片叶子，铺在茶巾上，以石子或木槌相击，便可拓下好看的纹样。柔幔轻叠，杏雨和风，一张明式翘头案上，思惟观音身后张贴的挥春已褪了色，比崭新的更适合剥落的木窗和插着杏枝的磕口瓦罐。庭院萧疏，几行高大的晾晒架，涤过的床单和用核桃皮新染的小手帕，在山谷间自由飞舞。

我们在院子里从午后蹉跎到黄昏，日暮苍山远，倦鸟悉归林，直至月隐于东山之上，缥缈的远树模糊为天幕下的一道道墨痕，才下山觅食。走出院门只几步，回望山峦已完全被黑暗

蓝染

湮没,月明星现,远处灯光亮起,传来犬吠数声。

常感叹世间女子多有心手灵巧者,彼此相交平淡,不献媚,不菲薄,笃定地活在尘世里。纵使际遇漂泊,亦可寻到依傍,或织或染,或乐舞或诗文,是为烟火人间短暂的疏离。

中唐官女薛涛,因父亲直言被贬,全家迁居入蜀。14岁那年,父亲亡故,母女衣食无着,薛涛因通晓音律与诗赋,流入乐籍。身份上,她从一名京兆淑女,自此成为成都乐妓。在为妓的日子里,薛涛声名日盛,与白乐天等蜀中才俊多有交往唱酬。

贞元元年(785年),中书令韦皋出任剑南西川节度使,是拥兵一方的军阀。一次宴饮席间,韦皋被薛涛的才情和见识所打动,遂招徕入府。涛亦谨慎为事,颇得韦皋信赖,后者请旨,为薛涛加官"女校书郎"。此事虽因违例而不了了之,然世人尽知蜀中才女薛涛之名耳。即便后来开罪于韦皋,薛涛仍能凭十首《离诗》诉尽衷肠,挽回韦皋怜爱,教人不敢等闲视之。

20岁时,薛涛借助各方之力,除了乐籍,独居浣花溪畔。

元和四年(809年)春天,元稹以监察御史一职,上任四川。久闻薛涛之名,元稹主动与之结交,薛涛亦有回应,一首五律,心迹尽显。

双栖绿池上,朝暮共飞还。

更忙将趋日,同心莲叶间。

或许是元微之的才学与风度打动了薛涛,薛涛一反处事风格,不计得失地追求自己想象中的爱情,陶醉于颠沛人生中难得一现的温情。直到三个月后,元稹调任洛阳后,薛涛仍借由雁字锦书,将诗写在红笺上,寄与元微之,诉情愫缱绻。

薛涛寄居的浣花溪一带，自古是产纸制笺的盛地。据说，薛涛嫌主流的诗笺因主要为了方便男子录诗，故尺幅过大，花纹也不够精巧，而找到浣花溪畔的造纸作坊，定制了适于女子书写的小幅笺纸。薛涛定制的尺幅究竟几何，已无文字记载传世。

北宋苏易简曾著《文房四谱》，广录天下笔墨纸砚。其《纸谱》引晚唐李匡乂《资暇集》云：

松花笺其来旧矣。元和初，薛涛尚斯色，而好制小诗，惜其幅大，不欲长，乃命匠人狭小之。蜀中才子既以为便，后减诸笺亦如是，特名曰"薛涛笺"。

仅仅改进了纸幅，千篇一律亦不足以传情。薛涛又首创了数种美化纸笺的方法，各种说法不辨真伪，姑且尽数录于此。

一者以芙蓉花捣汁，用毛笔蘸花汁一遍一遍刷在笺上，将小笺染成红色。而且，通过染汁的浓淡和刷的遍数，纸笺的颜色深浅便可以控制，区别于常规浸染方法，可以染出不同的颜色。二者更别致些，将花瓣掺在纸浆里，一同做成成纸，花瓣便嵌在了纸里面，宛若一体天生。三者前期工作比较复杂，需事先把需要的花鸟纹样雕刻在木板上，做成模板，颜料涂在模板上，覆纸，逐张复制。四者，将初成形、尚未干透的纸，覆在未涂颜料的原始雕板表面，碾压，将花鸟、人物、山水的图形硌入纸中，留下迎光可见的隐形图案。

若单从工艺上看，一者与给熟宣纸刷底色颇为类似，用软毛排刷，蘸颜色极淡的颜料，少量多遍，均匀刷涂在纸张上。一次刷完，要等彻底晾干后再刷下一遍。这道工序主要是仿作古画时发挥作用。二者，在东南亚一带亦有原理近似的花笺售卖，曾有驻印尼的外交官学姐，期满回国后送给我当地手工艺人用揉进了花瓣的纸絮制成的笔记本。今天在贵州石桥村等地仍有人在手工生产这类花草纸。三者如雕版印刷，四者则是水印法。

究竟哪种是薛涛首创，哪种是制笺人假托薛涛之名，草灰蛇线，难定其踪。晚唐李匡乂《资暇集》记载："松花笺，代以为薛涛笺，误也。"李氏成书与薛涛所生年代接近，大抵可信。《文房四谱》中记录的"蜀人造十色笺"，与第四种类似，亦未点明薛涛所创。元代费著《蜀笺谱》称："涛所制笺特深红一色。"即薛涛创制的笺仅有深红色一种，并无后三种工艺之能。只是元代距唐较远，恐真实情况已不察。明代科学家宋应星的《天工开物》也只提到薛涛笺的用色，并无纹样一说："四川薛涛笺，亦芙蓉皮为料煮糜，入芙蓉花末汁，或当时薛涛所指，遂留名至今，其美在色。"

如此看来，无论薛涛首创，还是假托薛涛之名，薛涛笺之所以被当世所爱，历代仿制，一再被后人怀念，并不在工艺本身，而在心思。浣花溪的水，芙蓉木的皮，芙蓉花的汁，融进多少女子的无奈。"枝迎南北鸟，叶送往来风。"不知幼时随口应答父亲诗句的薛涛，可曾预料一生的命运正应了这句诗。宋代，四川嘉州出产一种用胭脂树染就的红色小笺，同样于风月坊间"笺供狎客为芳辞"。人们念起薛涛发明的这般雅事，只道"名得只从嘉郡树，样传仍自薛涛时"。

薛涛把尚未题诗的空白花笺寄给曾经的恋人元稹，元稹会意，提笔在花笺上写诗回赠薛涛。诗曰：

锦江滑腻蛾眉秀，幻出文君与薛涛。

言语巧偷鹦鹉舌，文章分得凤凰毛。

纷纷辞客多停笔,个个公卿欲梦刀。

别后相思隔烟水,菖蒲花发五云高。

薛涛一定读出了元稹对自己才华的赞赏和别离的伤感,据传元稹也将薛涛寄来的红色小笺随身携带。然而,最终二人未能相守,薛女独自终老。

此事记于北宋景焕所著《牧竖闲谈》。后世南宋著名女词人张玉娘曾作《咏案头四后》,赞美自己最爱的凤尾笔、球麝墨、锦花笺、马肝砚,其中写锦花笺的一则:

薛涛诗思饶春色,十样鸾笺五采夸。

香染桃英清入观,影翻藤角眩生花。

涓涓锦水涵秋叶,苒苒剡波漾晚霞。

却笑回文苏氏子,工夫空自废韶华。

藤角、剡波均乃纸中名品,她将薛涛笺与锦花笺相对比。数年后,与玉娘青梅竹马、早早缔下婚约的沈佺,于赴考途中病逝。五年后,玉娘也病逝了,空留一首:"山之高,月出小。月之小,何皎皎。我有所思在远道,一日不见兮。我心悄悄。"

我很喜爱手工制纸,亦知摊晾揭纸的风雅皆出于想象,工匠实苦,度日不易。制好的纸再施以水印,即成信笺。现今常被言及的只明末《十竹斋笺谱》,鲁迅、郑振铎等人搜集复刻的《北平笺谱》,以及荣宝斋以木板水印之法新近制作的清末自闻居士《七十二候诗笺》云云,薛涛之作实在过于久远。

清末蒋坦著《秋灯琐忆》回忆爱妻,"秋芙以金盆捣戎葵叶汁,杂于云母之粉,用纸拖染,其色蔚绿",恐怕这世间唯有女子的美好,如临水相照,是无声的知心与懂得。

节令乐事 · 石榴皮染秋香色

材料:
石榴皮2两,
纯棉白手帕3个,
过滤用的滤碗或纱布,
盛装染液的小盆或小桶,
夹板、玻璃珠等扎染工具(没有亦可),
明矾

做法:

1. 石榴皮用不锈钢锅煮1小时,干石榴皮或鲜石榴皮均可。

2. 购买的手帕衣物通常是上过浆的,需要先过一遍清水,去除定型浆。

3. 适量明矾,通常是待染物重量的3%,例如3个手帕用1克明矾即可,多些少些无妨。用开水将明矾溶解在不锈钢盆或塑料盆里,浸泡手帕5分钟。

4. (这一步只为示范两种最常见的扎染方法,如果不想要图案,只要单色,可跳过这一步。)将手帕对折2次,折成三角形,用夹板固定,夹板部分不会被染色。或将手帕裹紧玻璃珠,用橡皮筋缠住,橡皮筋勒住的地方会形成一朵小花。

5. 滤掉石榴皮,得到染液。将手帕完全浸泡在染液里 20 分钟。

6. 取出手帕,拆掉捆缚的工具,用清水漂洗手帕 1—2 遍。

7. 晾干,熨平,即得。

煮染法适合大多数家庭用植物,比如红茶、艾草、槐花、姜黄、黑豆皮、栀子果实、紫洋葱皮。示范用的白手帕可替换为其他棉、丝、麻类织物,比如围巾、背心、餐布等。

植物染中常用的固色剂有明矾、铁矾、铜矾,明矾最易得且适合家庭操作。倘若不介意着色浅,我个人建议不要固色剂更好。

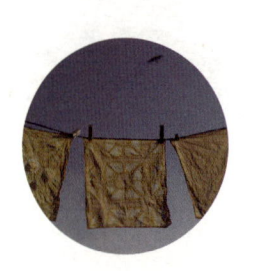

六月

娟娟花露，晓湿芒鞋；瑟瑟松风，凉生枕簟。

——陆绍珩《小窗幽记》

芒种

· 夏雨与夏月 ·

前些日子,去画家朋友家里做客。画家做了家乡菜给我们,瓦罐里煨着桂叶排骨,辣子炒下饭的青蔬。饭后,在没开空调的向南客厅里,我们开始烧炭煮茶喝。

北京的夏天好长啊,长得可以把围炉煮茶这样冬天未竟的心愿挪到夏天实现;长得从家到咖啡馆这段趿着鞋走过的路似乎可以天长日久地走下去;长得忘记楼下花园绽放第一朵花的样子;长得画家朋友讲喜欢用毛边纸画画儿,喜欢宋以前的旧黄,是适合点染白粉的底色,只剩缥缈模糊的印象,被夏日的光线融化了周围细节。

不是每个地方的夏天都如此漫长,不是每个人都像这位远离主流的画小画儿的人一样目标笃定。学生时代的我,喜欢靠疾步的行走甩掉那些解决不了的烦恼,喜欢去遥远而湿润的海岛,夏天用羊毛毯子把自己裹起来,才感到安全。

明白那些你曾经想要逃离的烦恼,并不会因为你飞越了一片大洋就被甩开了,是很后来的事。距离甩不掉的烦恼,时间可以。慢慢学会拉长审度的视线，10年，20年，眼前的麻烦成了最不起眼的事，像两栋摩天大楼之间的一团光，模糊而易逝。迈克尔·翁达杰在《遥望》这本小说里说："在时间里，我们是安全的。"

一个不那么愉快的夏天的记忆，会被未来很多个愉快的夏天取代。比如眼前这一个。

夏天结束了要搬家，故而这个夏天不再买新东西。连我最爱的甜食都将就家里剩余的材料做——余粮尚存可可粉、semi-sweet的巧克力豆，没关系，未来一个月就只做巧克力蛋糕吃吧。餐纸用光了，厨房纸还有7卷，一段一段撕下来叠成方块，叠放塞进盒子，一样可以代替。梅酒没有再泡新的。甚至习惯的护肤品用光了也不再买，翻出之前被嫌弃只用了一半的面霜接着用。唯独书，又买了许多。

跟生活较量了这么多年，彼此已经摸清对方脾气，她知道只要给我一点满足，我便不苛责于她。

这个夏天过得简单而愉快，多数在家看书，不想出门。从前想做的事很多，如今只拣几件来做，另外照顾家人，见喜欢的朋友。这个夏天，有好听的夜雨，有好看的月色。

春雨如恩诏，夏雨如赦书，秋雨如挽歌。雨越大，周围越安静。近来京城多雨，幸福来得有点突然。夜里失眠时会伏在窗口用手机录雨声。雨停了下楼去拍植物，我喜欢的植物大多不在这个季节开花。某年在故宫太和殿学画，卧听一夜雨，晨起，趿拉着鞋入宫画画儿。湿漉漉的石板上坐着猫儿，听到我灌过水的拖鞋发出唧唧吱吱的声音，耳朵刷刷掸了几下。御猫儿亵玩不得，我抬脚晃了晃黏搭搭的鞋子，猫儿警觉地向后缩了缩身

朱家角课植园内上演的实景《牡丹亭》

子，我哈哈大笑，大踏步上课去。

至于月色，《枕草子》已经赞美过。《枕草子》我更喜欢周作人的译本，唯独第一则关于春秋四季的灵魂概括，林文月多情的女生版本胜出——

春，曙为最。夏则夜。秋则黄昏。冬则晨朝。

有月的时候自不待言，无月的暗夜，也有群萤交飞。若是下场雨什么的，那就更有情味了。

很珍惜每一个好看的月亮，因为这样的邂逅很少发生。有一天夜里，窗帘外白亮如昼，我起身拉开窗帘，瞬间满室清辉。我伏在窗玻璃上，贪看了好久。

某年的弥陀诞前后两天，住在外地山寺，晚课打坐诵经，结束后出殿门，见到了月食。回来的日记写下：

午前端坐过堂，不得耳语，不得剩饭。虔心者以热汤洗残钵饮下，以示善待众生。律宗以严习持戒自重于汉传佛教各宗派。

午后大殿供花。殿内三佛，释迦牟尼佛居中，东坐药师佛，西坐阿弥陀佛。随大和尚学礼佛之仪，安敬畏于心，存感念于怀，而后插花。主殿供花完毕，依次观音殿、地藏殿、天王殿、祖师殿，而后准备明日课堂并佛前所用花蔓。

寺中无晚斋，只为访客准备了面食果品。大殿诵经打坐，灯昏影浊，木鱼铜钹，经符摇曳，三时有余。

入夜，于客房外引首观月。有月食，月色清冷，一汪一汪积在庭前，流水般。山下灯火零星的城市，隔着一个世界。

夏日如歌，若星光落满眼底。松风夜来雨，虚度打窗声。

节令乐事 · 清凉水景插花

花器：开口宽阔的容器，例如笔洗、石槽、水盘、废弃的小鱼缸等

花材：水生或半水生植物，多用水竹、蒲棒、水葱、鸢尾、马蔺、睡莲、苔藓等

辅材：剑山、装饰用的白色碎石子（石米）、鹅卵石、枯木等

做法：

1. 淘洗干净的石米倒入花器，盛水至八分满，将两枚剑山拉开距离，分别放在石米中。略旋转按压，令剑山下部埋没于石米中。

2. 为营造空间感，水景插花常插作两株，中间分开的水道可假想鱼儿悠游，故称渔道生或鱼道生。两株一大一小、一高一低，方错落生动。

3. 完成后，用石米覆盖剑山裸露的钢针。鹅卵石和枯木可做装点之用。

夏日闷热，室内若能有一处清凉水景，以夏季独有的明耀光线搭配疏朗植物、开阔水面，大可疏散暑意，平心静气。

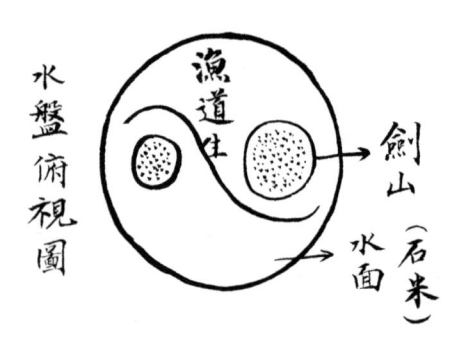

水景两株

· 夏三白 ·

    十年前的夏天,我正在剑桥大学法学院读暑期学校。出于对湖畔派诗人和电影《波特小姐》(*Miss Porter*)的喜爱,课程结束后,我一个人来到了位于英格兰西北部的湖区。

    火车抵达温德米尔时已是深夜,民宿的房东没有睡下,还在院子里等我。显然,他很不高兴。我并不怪他,对于生活必须像时钟一样规律的英国人来说,我这样是很过分的。

    当我穿过庭院走进这栋维多利亚风格二层小楼的会客厅时,一股果汁味道的香甜气味袭人而来。英国乡村的夜晚黑得真是彻底,树影重重,却无从分辨香气来源。

    第二天吃过早饭,我悠闲地走到院子里,一株高大的花树皎然而立,沁得晨光香甜——正是昨晚的味道。细碎的白色花瓣,簌簌落落似黎明将坠的繁星。"Elder Flower," 房东先生似乎不再生我的气了,"We drink it。"他说这句话时,我仿佛听到了水仙花白瓷茶具轻轻相扣发出的清脆声响。

    接下来在湖区的几日,当我伏在波特小姐的小屋阳台,当我跌坐在浓密的草甸滑下山坡，当我穿过羊群，当我如华兹华斯在诗中"像一朵孤独的流云，高高地飘游在峡谷和山巅"，总能见到接骨木树的身影。我走过她身旁，她调皮地用花枝扫过我的肩膀——这个夏天我第一次见到接骨木花，见识她强大的疗愈力。

接骨木开花的半夏时节，路边常有不同种类的白花入眼，清新玲珑，色白而香，比如溲疏、白荼蘼、紫阳花、广玉兰、南天竹花、栀子、白茉莉、白兰花，很多还是制作昂贵香水的材料。这是一个白色的季节。以前不懂为什么白色的花都有浓烈的香，后来听人说，因为她把本来用在色彩上的能量都给了香气。

原来是孤注一掷。

"开到荼蘼花事了"，说到荼蘼总会让人伤感，想起逝去的绚烂春光。《红楼梦》中佳句无数，若论声色香艳，最喜欢宝钗的"吟成豆蔻诗犹艳，睡足荼蘼梦也香"。纳兰性德的一句词意境极深，有日本俳句的趣味，说的是"谢却荼蘼，一片月明如水"。荼蘼，古时作"酴醾"，白色最香，黄色次之，很受古人喜爱，在宋元明各类"花十友""花十二客"的排名中皆有位席。黄庭坚版本的"花十友"中，酴醾位列"清叙客"，可与之叙谈心事。只是今人插花不再容易取得。

野生紫阳花少见纯白色的，若凑近了仔细观察密密匝匝的花瓣，会发现或紫或粉或蓝色，总有淡淡的一痕洇在白色底色里。一位友人擅作纸花，她做紫阳花时不说话，耐心地剪出每一枚花瓣的细节。我喜欢看她专注的样子，松松挽起的发丝贴伏在颈上，玉葱般的小臂很漂亮。

不过若论这个季节的白花,最高调的还是南方阿婆们沿街叫卖的"夏三白"——栀子、茉莉、白兰花。很多年前,茉莉花和白兰花是用丝线穿起来卖的,有司机等红灯时顺便买一串,随手挂在车内的后视镜上,车内随即香气摇曳。2016年夏天,到上海博物馆看"醍醐寺艺术珍宝展",在博物馆门前遇见一个摆摊的阿婆,用铁丝将茉莉花串成手镯,一颗颗珠玉匀称,竟不显得简陋马虎,看来工艺也在与时俱进呢。白兰花是两朵两朵缚在一起的,背后衬一片茉莉的绿叶子,整齐爽利。我花5元的大价钱买了一对白兰花,阿婆帮我系在背包上,就这样我带着它从武康路走到永嘉路,从博物馆逛到植物园,直到回了北京,香气依旧馥郁。虽然花瓣已经变黄,却舍不得丢掉。白兰花霸气的香味在北方是少有的。

五六月间花事静谧。丁丁暖漏滴花影,催人景阳人不知。初夏的清爽日子在不经意间终结。农历"恶五月"降临,日子开始变得难熬。端阳阳气炽盛,不日猛暑将至,驱邪辟疫成为头等功课。端午香很出名,即便是不懂香方的我,也缝过端午香囊,附庸买过端午香饼,只是很难拎得清我是受了药香的吸引,还是贪图用来盛装香饼的小巧盒。在书中读到过一种更原始的熏香方式,直接燃烧香草、香木,取其辟疫杀菌之功效。高诵芬所写的著名的《山居杂忆》在忆及杭州旧时风俗时说:"这天,账房里也要派人到中药店去采购苍术、黄蘗(杭州人叫"白芷")之类的一包包的药……中午时刻,女仆们把门窗关紧,再各持一白铜的脚炉,把苍术、白芷放在炉里烧熏,一小时左右。房里草药的气味能保留很多天。烟熏是为了解百毒。"

《清嘉录》有载,端午瓶供宜取蜀葵、榴花、蒲蓬草。郎

临街叫卖的白兰花和白茉莉花串

世宁绘有一幅《午瑞图》，画中端午插花正是用了这三种花材。更难得的是，瓶花后面衬着几枝艾草做填补空间之用，是我所见到的唯一一个将艾草用于宫廷插花，乃至入画的例子。古代插花看重花材品级，儒家观念投射到花的身上，花也分了九品九命，艾草无品无命，只有端午时节才有机会登堂入室。

芒种过后，南方正式入梅，愁雨烟茫。若久坐不动，身上都要长出蘑菇来。正是在这样的季节里，我第一次见到了开花的南天竹，竟然也是白色碎米小花，略带淡粉的色痕。江南禅寺钟声寂寂，雨中的南天竹和紫阳花开在伽蓝殿下，涤净温润，不似凡物。藏经楼后是一片开阔山地，生长着高大的广玉兰树，开花酷似白荷花，重重的一朵压在枝上，幽香款款。朱门半掩，阶前久无人至，渐有苔色。香客未至，居士在经堂打扫，香烛摇曳。我很想看清藏经楼内是否真的有经书，小心朝内张望，穿堂风灌入裙底，兜了满怀。

据说，毒药生长的地方，附近一定会有解药。同样地，半夏时节或五毒聚生，或阴雨纠缠，也总会有相伴而生的植物，帮助人们减轻气候带来的不适。这就是大自然的平衡法则吧。每每观想植物，很想学习她们不为外界变化所动的出离感，雨夕风昼，兀自开放。"夏日之夜，有如苦竹，竹细节密，顷刻之间，随即天明。"苦竹虽涩，心犹静也。

半夏至，宜喜，忌忧。

节令乐事 · 粽角艾香囊

材料:艾草、布片、针线

做法:

1. 采集艾草,晾干,捣碎。艾草在国内广泛生长,即便城市也能在公园、路边发现它们。如果实在找不到,可以直接网购干艾草。

2. 选喜欢的布料,裁出两块正方形。土布、亚麻、锦缎皆可,纹样要尽量素雅。正方形的大小决定了最终香囊的大小。

3. 两块布正面相对,反面朝外,用粗针大线将其中三个边缝上。

4. 翻面,两个角要尽量出尖,塞满干艾草。

5. 用麦穗锁边,将同色布料缝在一起,即成粽子形。

如果所用布料过软,锁边时难以固定,可以在塞入艾草前先将毛边折进去,用熨斗熨平,固定折痕,再进行最后的锁边。

做好的艾草香囊可在端午节悬挂居室内或门外。香囊形状可根据场合需要,缝制成不同样式,比如系带香囊和工作场合适合藏在西服口袋里的名片形香囊。填充物亦可根据喜好,换作其他香草,如薰衣草、桂花、蜡梅。植物一定要干透,否则潮气捂在里面容易发霉。还可以尝试用单色布料,先绣上图案后,再缝成香囊。

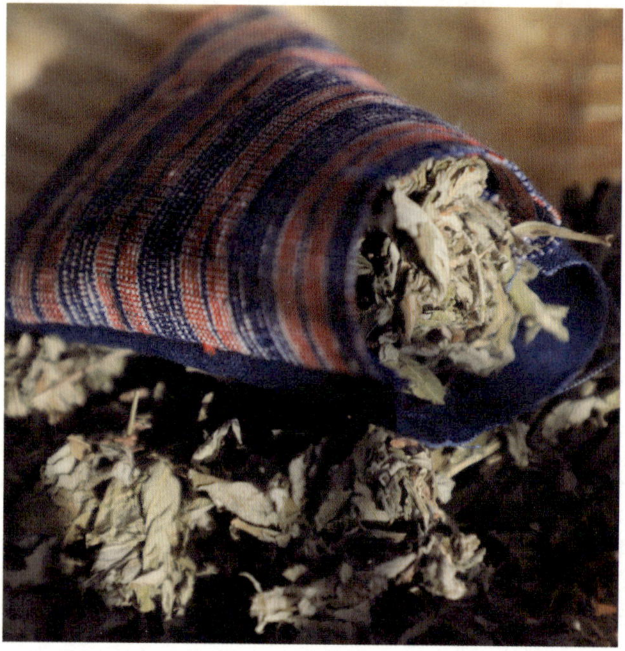

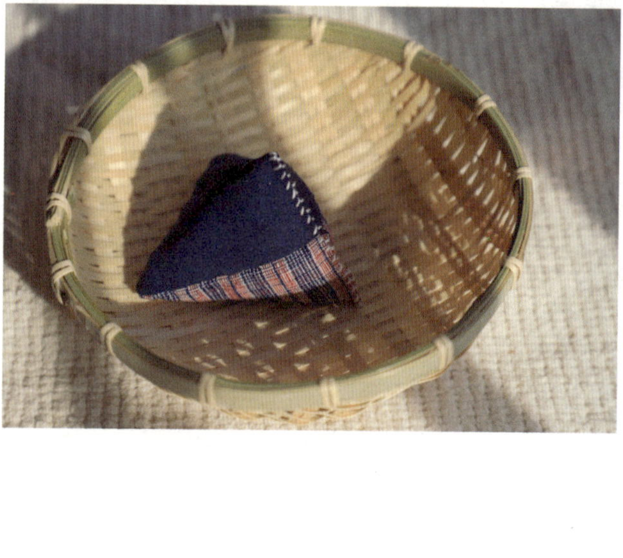

七月

青李来禽已眼明,新瓜入夏见何曾?酒边忘却人间暑,消尽金盆一尺冰。新蝉声沥亦无多,强与娇莺和好歌。尽日舞风浑不倦,无人奈得柳条何。

——杨万里《六月六日小集》

小暑

· 微雨好烧香 ·

香有沉水、檀芯、苏合、郁金。又有甘松、零陵、柏子、桂皮。

炎夏溽热，常于床边悬一枚香囊，内里搁的是从中药铺买回来的冰片、陈皮、紫苏、薄荷等药材，无非是自己中意的清凉气息。家附近的中药铺每回去都有两三个人在排队，我倒不急，因为我喜欢看前面的爷爷奶奶抓药，这个来半斤，那个来一两的，有的仔细对着药单子，有的早已稔熟于心，张口就来，很有趣。穿着白大褂的伙计在柜台上排好一溜儿牛皮纸，抄起戥子，回身儿打开一扇抽屉柜，抓一把药出来，一戥，正好，然后麻利地分倒在各张纸上，竟如潮汕人点茶一般疾速又均匀，遂而转身去开下一扇抽屉。待药配齐了，便逐包包起来。拎起牛皮纸，怎么着一窝角，一顿，四边一裹齐，就是结结实实的一包药了，看得人眼花缭乱。三五个药包摞在一起，用纸绳或塑料绳一捆，买药人接过来，从绳圈里一拎，得嘞。

看得入神，轮到我了。我把自己手写的香方往伙计面前一摊，伙计立马皱起眉："藿香一两、牡丹皮半两、龙脑一钱……

这么少，没法儿抓啊。"不得已只好每种香材都变为五倍的量，还只能单独包起来，回家自己用称分量，往一处和。没享受到全套抓药服务，很不甘心。若是有朋友可以送就好了，缝五个香囊也不是什么难事，可惜数年前，大家对用香普遍谨慎，朋友们大多不理解，反而以宫斗剧为凭，担心地问个不停，还是不要自添烦恼的好。

做香囊要用自然发香的香材，磨成粉，彼此混合，无需加热，香气萦萦仄仄，使人不察。衣橱里的熏衣香，男士西服口袋里的佩香，女生襦裙罗袄上坠着的香囊，与床帏悬挂香囊的用香原理亦同。

另有一种即刻解焦化郁的良方，焚起的青烟，或隔火蒸起的香气，在夏季潮湿的天气里，与水气相激，盘桓不散，引人遐思。借陆放翁一言，"欲知白日飞升法，尽在焚香听雨中"。

空气湿度加大，焚起的香烟较晴日润泽，留香时间更长。古人历来晓得雨中燃香的妙处。北宋"香痴"、和香高人黄庭坚，在写给香友苏轼的诗中说："迎燕温风旎旎，润花小雨斑斑。一炷烟中得意，九衢尘里偷闲。"

洛中陈与义徙居外省后，忽忽觉年老，立于梧桐细雨的檐下，宋庭故园何所在，自己不得不客居他乡，钻研一些小门道，"小诗妨学道，微雨好烧香"，是悠悠无尽的长日。

我曾经有一个疑问，既然司香者人人尽知焚香听雨的妙处，为何凭中国文人爱玩的好兴致，至今尚未发明出一个闻香时喷云吐雾的装置，就像喝茶以摆设盆景、竹漏、流水，营造山林逸趣那样。待读书日久，愈发觉察文人对香料的珍视，为此不惜降低周围一切的存在感。燃香手势不得花俏轻浮，动作不得

刘贯道《消夏图》

过多，不得贪心，品香时多闻一吸都会被同行者嘲笑修养不足，衣着要朴素，香室也要素朴，不能养花，香席更不能插花，诸如此类云云，又怎会容忍如此刻意的装置设定。

明末吴兴世族董若雨，嗜好于湖上泛舟时品闻香气，临水被泽，烟减而气增。他甚至觉得点香过燥，发明了蒸香之法。以我粗粗掠过的香史，先秦燔木生烟，燃萧祭礼，汉代开始香草混烧，再到魏晋的香丸、唐代的香粉、宋元的篆香、明清的线香，无一不是直接或间接借由火源发香，从未有水的参与。以水炼香，近乎西方提取精油的步骤。

在《非烟香法》一书中读到董若雨详细论证了蒸香容器的设计和效果。

焚萧不焚香，古太质，不可复。焚香不蒸香，俗太躁，不可不革。蒸香之鬲高一寸二分，六分其鬲之高，以其一为之足，倍其足之高以为耳，三足双耳，银薄如纸，使鬲坐烈火，滴水平盈，其声如洪波急涛，或如笙簧，以香屑投之，游气清冷，氤氲太元，沉默简远，历落自然，藏神纳用，销煤灭烟，故名其香曰非烟之香，其鼎曰非烟之鼎。然所以遣恒香也。若遇奇香异等，必有蒸香之格。格以铜丝交错，为窗爻状。裁足幂鬲，水泛鬲中，引气转静。若香材旷绝上上，又微格而用箄蒸香。箄式密织铜丝，如箄方二寸许，约束热性，汤不沸扬，香尤杳冥清微矣。

而董氏亦搜罗香材，逐一试验，并记录香型观感，写成"众香评"，可谓一丝不苟。书载董说"性嗜雨、嗜梦、嗜书、嗜非烟香"。

明亡后，董若雨在苏州灵岩寺剃度，其人远遁江湖，广研众家学问，蒸香一说下文如何，从现实生活中奉行者寥寥便可知。或许与燃香取烟之俗不合，见离于零落无定的士人生活；或许是人们并不需要如此繁琐的方法，湖舟消夏过，小园安榻眠，旁置香几，一样可以有水汽拂面。拥炉而坐，拨尽寒灰，中国数千年用香方式的最后一次新尝试，就这么不了了之。

与中国用香以日常使用为重，以闻香辅助修行相左，东瀛用香朝着点香法式、精神锤炼的方向积重难返。某年深秋，参加一场香学老师主持的日本香会。

香炭置于石棉香网上，用点火机喷火灼烧，缓缓焚透，表面结出淡淡的黄。捣松香灰，中心掏出小洞，以火箸夹小炭，落入香灰孔洞，再轻轻覆以香灰，用火箸的细尖从香炉内缘向中心拨灰，慢慢堆起一个小火山。

以灰押稍稍压实香灰，成45°坡度的火山形。每一圈都有固定的起点和终点，不可怠慢，无有差池。羽帚将炉边香灰拂入炉内。香箸从火山最高点向下扎入，触香炭而止，是为开出活炭透气的天窗。

云母片用云母夹夹起，置于"火山顶"上，以手指轻触云母片，探测火候。火候不到则发香不足；过烫沉香起烟，便不能用了，所以在请出主角香材之前，必须以手试温。

平展包裹香木的香纸，左手大拇指和小指从两侧压平香纸，右手用香箸夹起等待已久的沉香木。香品在香会开始前既已选定，纳于香袋内，袋口结绳花。不同绳花有不同含义，告诉人们香袋中有沉香片在休息的绳花结成一字形，似一道山峰亘守香袋前，赋名"横封式"。

香木珍稀，凡司香者皆宝之，每次切刮一点点，喻为"马

香会用具

尾蚊足"。待香木安安稳稳卧在云母上，香主出香，香客们便在"先失礼了""您先请"的一番客套后，开始正式品香。

除去香会开始前，主客各自施礼还礼，客人恭维今日香会主题如何切合节令，香室布置如何古朴清雅。香会结束后大家喝茶吃点心，可以稍微放松地讨论方才得失。在行香的过程中，是不可以随意讲话的，多数时候静默无语，香气才是主角。无论香主抑或香客，似有一个剧本，每个人只能说剧本上的台词，而这份剧本已经延续了数百年。

那日香会的主题是菊花，组香出典为东晋陶渊明的"采菊东篱下，悠然见南山"一句。古代菊花花茎纤细，完全不似今天以肥料催长的菊花鲜花，因此缘故，常见菊花依傍篱笆生长。一炉"菊花香"，两炉"篱笆香"，香客闻香后在怀纸上猜香，写下或早菊，或重阳，或残菊的答案，署上名字即可。

怀纸按座次罗进漆盘，最终传回香主手上。执笔人将答案逐一誊抄在香会记上，最终由香主揭晓答案，答对者名下以红笔标注"叶"，取一致、和谐之意。

香会记是很重要的文字记录，除了香主、香客的名字斋号、猜香结果，上面还记有香会主题、年月、地点、出典。可惜香会记依例只赠与答对客人中最德高望重或最年长的那一位，我从未得到过。

那一次的答案是残菊。我扶腮喃喃雀跃："猜对了！"老师闻声转向我："不可以这样讲，你的语气很不好。"我怔怔的，臊得慌。

结香对于树来说，是很痛苦、很残忍的过程，但人类喜欢，便一味索取，在树身上划出密布的伤痕，坐待岁月赋予收成。今次这三片沉香完成了自己全部的使命，在生命的终点把一身好香毫无保留散发出来,供我们享用,我们的关注点应在赞美香材,并以香之德检省己身,这也是香会的意义所在,而非为一时一刻的得胜沾沾自喜。

对形式的计较永无止境,但形式若不能成为内容的襄助,便只好成为负累。我并不排斥仪式,任何动作只有重复训练为固定的模式,才会最大限度地减少错误,摒除犹豫和慌乱对最终所呈现结果的影响。香乃至洁净之物,人们对于司香程式的耽溺,乐此不疲地一条一条叠加上去,几乎成了一本法典,大概也是为了保全香之真味。

只是沁在中国古人骨子里的香,没有这么紧张,是一件轻松的事。同样是用隔火熏香的方式赏单品沉香,冒辟疆在《影梅庵忆语》里描述的完全是另一种氛围。冒辟疆与董小宛在水绘园的香阁,细品一种名为"横隔沉"的沉水香,以砂片隔火,使不见烟,"久蒸衾枕间,和以肌香,甜艳非常,梦魂俱适"。

屠隆在《考槃余事》中的一段话,常被爱香人引作对香事最精彩的总结:

香之为用,其利最溥。物外高隐,坐语道德,焚之可以清心悦神。四更残月,兴味萧骚,焚之可以畅怀舒啸。晴窗拓帖,挥尘闲吟,篝灯夜读,焚以远辟睡魔,谓古伴月可也。红袖在侧,秘语谈私,执手拥炉,焚以薰心热意。谓古助情可也。坐雨闭窗,午睡初足,就案学书,啜茗味淡,一炉初蒸,香霭馥馥撩人。更宜醉筵醒客,皓月清宵,冰弦戛指,长啸空楼,苍山极目,未残炉蒸,香雾隐隐绕帘。又可祛邪辟秽,随其所适,无施不可。

伏案之人,深受香之恩惠,虽无福检验红袖添香或庭中对月焚香的妙处,至少远辟睡魔,解忧清心,香是完全做得到的。

年年苦夏为空调所扰，一阵冷风荡过，气凝息滞，筋骨尽催，不消一刻便手脚冰凉，很不舒服。夏天里温书，很是要想一些旁的消暑办法。下了避日的纱帘，用电香炉点些醒神的香丸。还可以暂借平日里泡茶的浅阔茶盘，贮七分水，用剑山插些香蒲、睡莲，再堆几枚卵石，余出水面，佯装溪畔读书。逼自己不去想冷饮，渴了就喝热茶，翻几页书，匀杯里的茶已饮尽，薄汗浸了裙衫，轻摇小扇，一时也有白日升仙的清凉畅快。应了词中所唱："小暑啜瓜瓢。粗葛衣裳。炎蒸窗牖气初刚。无计遣兹长昼也，茗碗炉香。"

窗外蝉嘶如雨，唱的是粉墙花影自重重，帘卷残荷水殿风，抱琴弹向月明中。香袅金猊动，人在蓬莱第几宫。

节令乐事 · 开窍避暑香丸手串

香材:

檀香 10 克、细辛 10 克、甘松 30 克、公丁香 5 克、薄荷 5 克、白芷 50 克、大黄 30 克

辅材:

蜂蜜 90 克

工具:

手捻针（普通缝衣针、牙签亦可）、透明弹力线、配珠、细筛子

做法:

1. 炼蜜。和香用的蜂蜜必须经过炼制，以去除微生物，增加黏合性。炼蜜的过程其实很简单，蜂蜜在锅中加热熬煮，待有气泡涌起，色泽变为金黄色或焦糖色即可离火。也可以不用蜂蜜，而用白芨粉作为粘合剂。

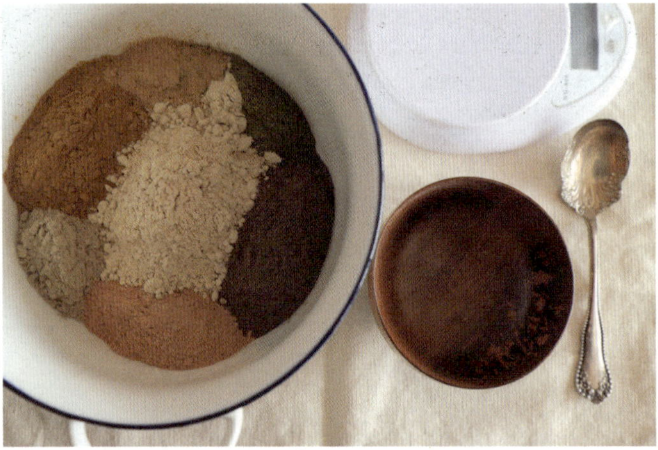

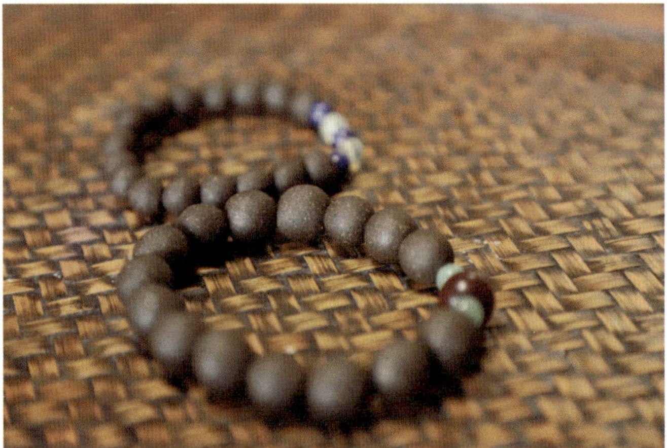

2. 称量。等待炼蜜冷却的时间，将需要的香药粉称量，码放在一个足够大的容器里，然后搅和均匀，让香材彼此熟悉融洽。

3. 过筛。香粉要过筛，必要时过两遍。

4. 成型。炼蜜与香粉的比例大致是 1∶1.5，一边捏和一边感受，至双手紧握可以成型的时候，即停止加炼蜜。香泥外表有少量干粉渣子不要紧，在静置过程中会融合得更好。

5. 静置。香泥块和好后，裹上保鲜膜静置一小时左右。

6. 揉丸。取适当大小，先揉捏揣和，使之细腻，再搓成小圆球。穿手串的香丸尽量大小一致。

7. 穿孔。用 0.8 毫米手捻针从香丸中心穿过，牙签或缝衣针亦可。

8. 阴干。放在太阳晒不到的地方，让香丸慢慢干透。这段时间因天气而异，通常要一周左右。

9. 穿珠。用 0.6 毫米尼龙弹力线，将香丸和搭配的彩珠串在一起。通常男士用香丸大些，如玻璃弹珠；女士用香丸小些，如黄豆粒。

香丸手串不戴时放在密封袋内保存。如果出汗太多，或感到不洁，可用烧开的开水烫一下，即刻捞出，晾干即可。

大暑

· 绿水芙蓉衣 ·

曾经有人计算过,当花瓣离开花蕊中心 30°的时候是一朵花最黄金的时刻。正所谓"酒尝新熟后,花赏半开时",半开的花苞孕育着想象力,在不到顶点的地方,留着审美的期待,便是传统东方美学"有余不尽"的妙趣所在。

木心有诗言道:"任何花,含苞欲放时皆具庄严相。"

"菡萏"便是荷花的将开未开的状态。《诗经·陈风·泽陂》唱道:"彼泽之陂,有蒲、菡萏。有美一人,硕大且俨。"

菡萏生于三月,开于六月。《花月令》里说,六月,桐花馥,菡萏为莲,茉莉来宾,凌霄结,凤仙绛于庭,鸡冠环户。"菡萏为莲"就是花苞盛开的状态了,再往后,莲瓣脱落,莲子结房,莲叶枯干,夏天就过完了。

荷花的插花是要"三世"齐备的,代表当下的盛开荷花,寓意过去的菡萏或卷叶,还有象征未来的残荷。这里的残荷可以是"留得残荷听雨声"那种干枯荷叶,也可以是落得只剩三两瓣花瓣的莲房。我很喜欢荷瓣脱落后露出的鹅黄色硕蕊,小心翼翼地护着莲房,就像失去护佑遮蔽的珍珠或者出浴尚不及罗裳加身的美人,令人窥觎难得一见的光景。

说来也巧,古人的诗文中记下了不少荷花花叶必相辅的说法,比方李义山的"世间花叶不相伦,花入金盆叶作尘。惟有绿荷红菡萏,卷舒开合任天真。此花此叶常相映,翠减红衰愁杀人",说的是通常人们插花只取花朵而舍弃叶的部分,唯有荷花荷叶要常常相伴,舒卷皆有真意。又有宋诗云:"曾闻画史传真诀,一叶旁边定一花。"

1942年,张大千从榆林石窟的唐代壁画中临摹了《吉祥天女》一幅,画中吉祥天女用托盘托举着自西域传入我国的长颈小瓶,瓶中一莲花二莲叶共三枝从底部束紧,出瓶口而向不同方位散开,竟与宋明之后文人"起把宜紧",花枝不可靠着瓶口,不可散漫不佳的插花趣味相一致。

考入大学那年,报到结束当天傍晚,我就迫不及待沿着未名湖、朗润园一路游赏,一一印证在脑海中勾勒多年的燕园景致。九月的京城尚有暑意,镜春园的一池荷塘,向晚凉风荡过,荷叶田田,不露水声,只有虫语。我流连了好久,亦不寂寞,直到发现自己迷路了。

正当时,有银发老者拄着拐杖朝这边走来,步子微颤,毛线坎肩散发着中药味。我生怕错过难得的路人,唐突地冲上去,抖开刚发给新生的校园地图,请他帮忙指点现在的位置。老者含混的话语我很难听清,他指了指身后一条石板小路,示意我往那边走。我道谢,慌慌折起地图,穿过黄昏幽暗的小路,经过塞克勒博物馆回到未名湖畔,喧哗声入耳,方才心安了。

过了很久,偶然在网络上看到一则关于季羡林先生的新闻,图片中的老者十分眼熟，正是那日荷塘边偶遇的指路人。我怔忡不已。

后来专门去图书馆找季老先生的文章来读，他喜爱荷花，有一篇专门写荷花的文章，开篇一句"楼前有清塘数亩。记得三十多年前初搬来时，池塘里好像是有荷花的……"直让人羡慕老人家，随便一句回忆，时间跨度就是我至今全部的人生。在古希腊造像技艺传入印度以前的漫长时间里，印度没有佛陀的形象，印度人认为只有莲花有资格被用来象征佛陀，既因为莲花的纯净，更因为莲所扎根的污浊泥淖是人世的真实再现。2016年夏天我在上海博物馆举办的日本醍醐寺艺术珍宝展上听到关于莲花宝座的同样解说，突然忆起旧事，继而想到那些蹉跎掉的大学时光，心下悔意连连。

莲的慈悲与智慧、姿态与品格，真是世世代代的书写，仍不觉足够。

中国有文字记载的最早出现的瓶供作品，所供正是莲花。《南史》卷四十四的《晋安王子懋传》中："有献莲华供佛者。众僧以铜罂盛水。渍其华茎欲华不萎。如此三日而华更鲜。"当时母亲病重，子懋说，若莲花三日不萎，则母将痊愈，终如所愿。

《南史》描绘的南北朝，佛教刚刚传入中国不久。南梁萧绎是著名的佛教皇帝，研习插花的人对他都很熟悉，是他第一个提出了"二十四番花信风"，第一个用诗歌记录了"花朝节"。据说，对细微生命感知敏锐的人往往更有捕获幸福的能力，这位萧皇帝却没有。我很喜欢他的一首《采莲赋》，赋中全无帝王的架势，只有江南小儿女的倾心爱慕，文辞天真，尝默记于心：

2010年疏浚前的亮马河中,含苞欲放的庄严相

荫荫暑日长

紫茎兮文波，红莲兮芰荷。绿房兮翠盖，素实兮黄螺。于是妖童媛女，荡舟心许，鹢首徐回，兼传羽杯。櫂将移而藻挂，船欲动而萍开。尔其纤腰束素，迁延顾步。夏始春余，叶嫩花初。恐沾裳而浅笑，畏倾船而敛裾，故以水溅兰桡，芦侵罗袜。菊泽未反，梧台迥见，荇湿沾衫，菱长绕钏。泛柏舟而容与，歌采莲于江渚。

歌曰：碧玉小家女，来嫁汝南王。莲花乱脸色，荷叶杂衣香。因持荐君子，愿袭芙蓉裳。

大概很少有其他花能像莲花这样象征义亘古不变，清正、高洁，从屈原的年代到今天未曾有人怀疑。唯有一点不明，古来多有"荷风送香""莲蕊有香尘"的说法，白乐天也有"泄香银囊破"的诗句，想来荷花应是极香的，但我未曾有幸感受过如此确切的香气。哪怕是将荷花拈在手里插花时，或用荷叶慢慢煮粥，香气也是似有若无游离在周围，只得安慰自己是品种不同的缘故罢。

《浮生六记》中有一桩经常被后人效仿的雅事，比较符合我对于荷花清香的想象："夏月荷花初开时，晚含而晓放，芸用小纱囊撮条叶少许，置花心，明早取出，烹天泉水泡之，香韵尤绝。"

只是沈复写成此书时，芸娘早已不在人世，他本人也难以为继，晚景凄凉。不知除了怀念，沈复的内心是否有过对芸娘的自省与愧疚。六月荷花纵然清香远播，不思进取经营家业，风雅亦无可久长！

京城内赏荷去处颇多，除了清华园的荷塘，北大的鸣鹤园和镜春园，一墙之隔的圆明园也会在盛夏举办荷花节，而且天气越闷热,荷花开得越欢,红花映日,绿盖擎天。疏浚之前的亮马河也有大片荷花生长,几乎占据了一半河道。小荷尖角努力向上生长,与岸边垂柳相招,蜻蜓雀鸟往来打趣。我曾赁居于这一带,清晨六七点散步走到河边,坐在大石头上,酒吧刚刚打烊,一只野猫穿篱而过,周遭幽静,无上清凉。

节令乐事 · 荷花绢扇

材料:

仿古色空白绢扇 1 柄、

国画颜料、

墨汁、

调色碟、

水盂 1 个（洗笔用）、

小红毛狼毫笔 1 支（勾线笔）、

小白云毛笔 3 支（色笔，一红一绿一白，切忌混用）、

大白云毛笔 1 支（水笔）

画法：

1. 勾勒。用勾线笔蘸淡墨，勾出细淡的轮廓。内容既可以自己创作，也可以用现成的线稿对临或拓临。拓临时要用无痕胶块粘住绢框和线稿，莫要错动位置。

2. 打底色。用古铜色（朱䑃色加淡墨加微量藤黄）平涂荷叶、梗、莲蓬，用白色（钛白粉）平涂花头。需要注意的是，调色要淡，切忌浓重，以少量多遍的方式薄涂，否则赋色不均匀，容易留下笔痕或积色。多余的颜料需及时用水笔吸走。

3. 分染荷叶。用淡墨分染荷叶层次，稍微点明明暗关系即可，因为中国画并不着意于光影变化。

4. 平涂荷叶。以淡绿色（花青和藤黄用水调匀）平涂荷叶正面，留出叶脉。等颜料干透后再重复一遍。

5. 罩染花头。用曙红色分染每一片花瓣。分染即用色笔擦过花瓣尖部的一点面积，再用水笔接染，带过剩余花瓣面积，形成渐变效果。粉荷的花瓣反面比正面颜色深，颜料走过的面积要大些。

6. 分染荷叶。用墨青色（花青和淡墨，近蓝黑钢笔水的颜色）分染叶脉两侧，注意留出叶脉。

7. 分染花头。用胭脂色点染花瓣尖部，颜料面积要远远小于第一遍时曙红色走过的面积，再用水笔渲染消除胭脂色边缘痕迹。

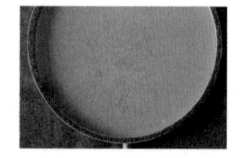

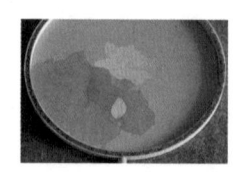

8. 分染梗和莲蓬。用赭墨色（赭石加淡墨）分染梗和莲蓬。

9. 最后收尾。用干墨点出梗部的刺头。用三绿色染出莲子，并用不掺水的赭石颜料点出莲子尖。

10. 画成后可题诗盖章，只有画也好。

因是简便的操作方法，故而省略了复勒、皴擦等一些花卉工笔画步骤。全程用笔要轻，调色宁淡毋浓，可多遍染色亦不用担心破损，这也是熟绢优于宣纸之处。

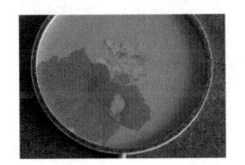

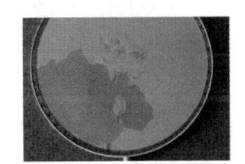

> 涉江采芙蓉
> 蘭澤多芳草
> 采之欲遺誰
> 所思在遠道

八月

秋芙所种芭蕉,已叶大成荫,荫蔽帘幕,秋来雨风滴沥,枕上闻之,心与俱碎。一日,余戏题断句叶上云:"是谁多事种芭蕉,早也潇潇,晚也潇潇。"明日见叶上续书数行云:"是君心绪太无聊,种了芭蕉,又怨芭蕉。"字画柔媚,此秋芙戏笔也,然余于此,悟入正复不浅。

——蒋坦《秋灯琐忆》

立秋

·旅人·

立秋，除了名字，一切还是夏天的模样。

寓居纽约一年了。一年前飞机降落在肯尼迪机场，经历了落拓无助的辗转、安家，适应新规则，学着当地人的样子，在杪夏的绵绵阴雨天里，上身穿羽绒服，下身穿短裤，不撑伞。

安顿下来才有余力打量周围的世界。绣球仍可照人，凌霄花也未缺席，不见楸木，到处皆有橡树，树盖遮天蔽日，树下叮叮咚咚落满橡子，松鼠同故乡的松鼠一样不怕人，只是尾巴更大些。沿哈德逊河岸开满一种金灿灿的菊科植物，从未见过，环顾四下无人，偷折一枝回家慢慢查找，于是知道它的名字是"北美一枝黄"，才算是彼此认识了。我把它留在深棕色的咖啡瓶里，黄花展现出巨大生命力，甚至又新开出许多，月余才落了细小的蕊，簌簌铺了书架一层。

词客看花心意苦，不过是捕捉着每一道可能的故土风物的影子，以自认为安全的方式，尝试接近身边的陌生。

秋尽冬临，时间以雪的厚度计，我对曼哈顿岛的熟悉程度也随雪的厚度与日俱增。与友人每日穿梭在博物馆和画廊之间，展览多到日程表排不过来。上东区古董店新进了克拉克瓷，上西区的珍本书店没有提前预约会吃闭门羹，中城的洛宁画廊压着一摞摞尚未整理的版画和订单，下城关注喜马拉雅和藏传佛教的鲁宾艺术馆可以躺下感受死亡。我们挖掘爵士乐手故居的线索，逛二手黑胶唱片店，假装独立研究学者大摇大摆在大都会博物馆的 Watson 图书馆借书，然后是普林斯顿大学的书法展、耶鲁大学的中国文物展……午餐通常就在博物馆餐厅解决。亚洲协会有好吃的越南米粉，摩根图书馆的下午茶有好看的光线，新画廊的奥地利餐厅有老犹太式的精致。路上走累了就近找一家咖啡馆歇脚，或干脆坐在餐车旁边的长椅上，地下蒸汽如白龙呼啸喷出，地铁震得中央公园下水网盖瑟瑟发抖。

二月，约莫第十场雪后，金缕梅开花了。野花陆续钻出地面，洁白的洋水仙开满山坡，街边公寓楼墙角下随意开着铃兰。马醉木和山茱萸树之后，终于轮到玉兰。

"Mommy, you see? Magnolia, the white flowers!"

Magnolia 是我和儿子常去的一家点心店的名字，店名是玉兰花的意思。设若纽约市民投票选市花的话，玉兰大约会胜出。纽约升温缓慢，花期被拉长了一倍，终于不用拼命似的看花了。满城繁花抛逐，纽约的玉兰也有白、紫、二乔、黄四色，而形态殊异，体态小巧精致，花瓣像纤长的玉指。白玉兰是重瓣的，像胖版的白兰花。

也是在这个春天里，友人即将飞回香港，换一个地方继续旅居。临行前，大家约着去大都会博物馆画画儿，画毕我们坐

纽约中央公园的白玉兰

在明轩的回廊里聊天,她唱《乌盆记》给我们听。博物馆切换了夜间照明,头顶拢着一团柔光,再向上,夜色沉默,月无力地隐入暗里。

旅程是各人的,很难有伴,故此心内暗暗珍惜一程一程的旅伴。多年一个人旅行,似乎只有一次很不寻常地约到要好的朋友,同往京都看花。睡在町屋的六叠榻榻米上,听到了久违的雷声。雨点重重敲打屋顶,一夜安眠。

起早去山里的圆光寺,京阪线换乘叡山电车,开心得像春游的幼儿园小朋友。落了电车,要走过民家、农田,爬一段山路。路过旧年买书的荻书房,铁门紧闭。没有其他游客,寺门敞着,卖票人不在。弯过枯山水庭园,经荷花小桥,有一亭,四周竹林伟茂,再往前走便要开始爬山了。友人不喜爬山,也不喜墓地,便留在附近亭子等我。我一个人继续往前。

圆光寺为德川家康所建,初为讲授临济宗教义,后成为日本最早的学问所。后山上有德川家康的空冢,去那儿要穿过一片平民墓地,鞠躬说一句"打扰了"。小时候常在东北老家的山里玩,早先一些不愿意葬到公墓去的人,会葬在这山里。儿时的我走过模糊的石碑,并不觉可怖,甚至会驻足细读上面刻的文字,姥、妣二字皆从此习得。偶尔墓前还会有花,有酒,泥土里插着燃尽的香。父亲救过一条喝醉的小蛇,它定是碰了祭奠的白酒,晃晃悠悠离了藏身的草丛,伏在人走的山路上。父亲用木棍把蛇挑起来,送回草丛里:"别人见了会打死它的。"我和父亲还救过一只刺猬,用藤篮养在阳台的角落里。我至今记得刺猬啃苹果的样子,它后背的刺让人看了很不舒服,上面有疙疙瘩瘩的凸起,并不像绘本里画的那样光滑。后来刺猬伤好了,我和父亲提着篮子,把它放回了山里。

继续往山上爬。半山有个工棚,两位工人正在搭建着什么。问了待月庵的位置,终于找到理想的角度。回到佛堂,朋友正坐在廊下榻榻米上看外面的花园。我们闲坐聊了很久,各自的童年经历,各自的无奈和珍惜。《岁月的童话》里有一句令人印象深刻的台词:"我并不希望带着五年级的自己去旅行,只是她并不是那么容易忘记。"

回城,在鸠居堂买香丸和笔墨,吃这个季节的夏柑糖、山梨县的水蜜桃、下鸭神社的米酒、鹿儿岛的芋酒、抻着脖子才咽得下的年糕团子,从超市买了北海道黄油在住处烤面包片。

重叠的影像,重叠的记忆。

次年仲春,我乘火车离开纽约,四处看花。长久以为北美没有紫藤,却在波士顿剑桥镇的一户人家见到了怒放的藤花。纽约没有山茶花,任何品种都没见到。我喜欢白色山茶,萎去时一整朵泛黄皱起,像毛边纸,像未染色的厚麻布,很有质感,有朝一日轰然坠落,与泥土一色,可迅速隐身,再不被人想起。次年清明后,一时往华府看花,在都铎花园邂逅神采端谧的茶花,像完美的小说结局。

再回到纽约,已是夏天。午后,独自去修道院花园。曼哈顿岛越往北越窄,在哈德逊河与东河即将交错的位置,有一所半山的修道院,虽然相当于大都会博物馆别馆的身份,却有一方延续修道院职能的花药圃。早春曾来过这里,我在梨树下展开烟色的围巾,花影如期而至,像草木拓染的茶席巾,也像王星澜将素纸铺在粉墙上,描画月下兰影的往事。

出了地铁,弯过民居,渐入山里。山径汪着断断续续下了

去秋與末子手牽手走在放學歸家的晚照裏，彷佛「北美一枝黃」花期浩浩蕩蕩開滿哈德遜河岸，新州荇緣白鷗低掠，芷草始衰，初時坎坷，已漸入平泰，幸與子共憂樂。

纽约哈德逊河景

哈德逊河谷的荚蒾木

一个礼拜的雨水，未及渗干，日光蒸腾林气，略有一点闷。但植物们喜欢，个个舒展自在，便觉得好。林间荫翳，大概是除了中央公园北部森林之外，曼哈顿岛上仅有的看不见楼房建筑的秘境。

初夏可爱，非言语可及。山间葱绿遮挡了大部分视线，看风景便有了阻隔的层次和不同焦段的景深。春来的阳光像舒芙蕾，明灿灿的，略金贵。盛夏的阳光像巧克力熔岩蛋糕，像厚重的油彩，多了会腻。春夏之交的阳光呢，像提拉米苏，刚刚好，不太甜，轻盈而又富于变化，雀儿小羽犹可扇动。

空气中沁着香甜。泡桐花原是高不可及的，此番由于山势的关系，竟可凑近俯视。山茱萸还在花期，纽约的物候比北京晚多了。猥实如瀑，花开得炫目。北京的猥实通常不及人高，混杂在灌木丛里不太显眼，花也更疏稀些。

赏过好光阴，事后每有蹉跎之感。今年决心发奋，经前辈介绍，去皇后区拜访海外昆曲社的昆曲老师。交替步行与地铁，单程有一小时的工夫。出地铁站，是一片寻常的居住区，此后便要每周来此处老师家学习。老师生于1947年，年届七旬，嗓音依旧清悦绵丽。每日吐纳气息，人也泼泼神气。早年随俞振飞、言慧珠诸位老先生严谨学戏，在上海昆剧院与华文漪同台，当年达到的艺术高度，尽数化为对后进晚辈的口传心授。我盯着老师的唇、舌、牙、齿、鼻息、眉目，尽力模仿跟随。老师说什么，我就记下来，面对面，只隔一条窄桌，这样的学习方法，于今太过奢侈。

偶有笛生来访，老师夫妇二人同我们一并撅笛、拍曲，一时忘却今夕何夕。

每次课前老师都会沏好一杯茶等我，有时会抱着阿猫站在阳台朝我来的方向张望。走过一座商场、两所学校、一片儿童游戏场，走过牡丹丛、山楂树，走过一户一户小院子以及安静的街区，渐渐将地铁站到老师家这一段路走成了每周最期待的时光。

自从夏令时开始，我便把餐桌挪到了窗边，可以一边吃饭一边晒太阳，看云朵以肉眼可见的速度从窗框里出现、消失。窗台又添了几盆香草，是平日里烧菜常用到的。转眼又要入秋，晨风凉润，空气的味道也不一样了。

是日烧了陈皮芋头、花椒豆腐干，秋葵是上周从华人超市买来的，尚有余香，三尾黄花鱼，谈不上新鲜，只得盐烤。从日本超市买的水菜，切段佐以蒜片与薄盐。水菜最初曾吃过几次，并没有明显味道，微信上咨询京都的友人，得到的答复是确实没味道，京都人常常拿来跟豆腐、番茄凉拌，也可以煮火锅。儿子看着一粒粒黑乎乎的花椒直摇头，不小心嚼到嘴里要喝下半瓶水以示嫌弃。我跟他讲："再过一段时间北京就可以吃油炸花椒芽了，用面糊裹起来炸的，你还记得妖怪油炸饼吗？"

那是他很喜欢的绘本，留在了北京没带过来。我们曾照着绘本做过"妖怪油炸饼"，其实不过是天妇罗而已。京郊农家的油炸花椒芽是一个道理。

还有香椿芽，是再找不到第二份的特别香气，易逝却如江楼风月，粼粼夕光。京中文昌胡同里有一间小院，主人曾将院子交由一位相识的姐姐打理。姐姐偶尔吆喝我们去喝茶聊天，开春时则会招呼我们去分些香椿芽。院子里两棵老椿树从屋檐上方倾泻而出，需管家爷爷爬上树去剪，"产量"多得惊人。

只可惜因缘聚散，这样的好意并不能维系始终。

我自说自话地讲，儿子望着摩天大楼间拢起的柔光听，默默吃着花椒焙出的豆腐干，一架直升机曳着广告条幅低低飞过。

看新一季的《圆桌派》，马未都聊到民国老先生们食不厌精脍不厌细的讲究，说王世襄挑剔丰泽园的糟溜鱼片，用的不是立秋以后冬至前的天津近海的一斤半刚好的鲮鱼，所以味道不对。我只在同和居吃过一次糟溜鱼片，酒糟味很可辨识，我以为这就是好的，却不知鱼上也有讲究。纽约著名中餐馆倾国，也有糟溜鱼片这道菜，对吃鱼不会挑刺的欧美人士极为友好。

于大西洋的凉风中谈及故土肴馔，倍觉遥远，终生出旅人感喟。那日在大都会博物馆看新布展的日本江户绘画展，美国策展人都能用日语说"一期一会"了，我却还惦记着循规蹈矩地重复岁月。

可是凉风亦有信。

回国前，痴狂温书，看反复看过的纪录片。

我很喜欢《岛屿写作》的叙述方式，稀释的话语，大段的留给人回味的空白，如寺院钟声，节奏迟而慢，但每一击都能打在心上。经常是采访对象一句说完，下一句还未斟酌妥当，片子没将中间漫长的，甚至略显尴尬的无声剪掉，而是一个空空的镜头留在那里，几秒钟，甚至半分钟的静止，思绪坠入巨大的空洞，直到下一句脱口而出，才平安着陆。

周梦蝶的乡音极重，操河南某古县的方言，是竹林七贤的口音。他用固执的古韵念着诘屈聱牙的字文，九十岁的残躯，像一尊倔强落拓的菩萨。

既仰事俯畜，

孝慈之道亏，

兼笑谈渴饮，

纵横之望觖，

惟日以纸笔，

史传、

偈颂、

啸咏，

聊寄远怀，

而申积郁耳。

余光中在纪录片里说，一个地方，我书写过了，才真正是属于我的。早年求学美国，便书写美国。后来辗转居住过的大大小小的地方，哪怕是一湾海港、一座山头，余光中都要经历欣赏（输入）、体会（消化）、反刍书写表达（输出）的一贯模式。遵循余氏观点，游走逗留过的地方，是不是也要书写过了，才算活过这段生命。

亦或者，不留只言片语，如禅宗不立文字，尊《红楼梦》中黛玉的一句"无立足境，是方干净"，才是光明路、方便门。

无功名半纸，唯风雪千山，方知我亦是旅人。

节令乐事 · 方胜式信笺

折法：

1. 信纸横放。信笺的长宽比例各有不同，经实践发现接近现代 A4 长宽比的信纸折出的方胜式比较合适。所以，如果信纸偏长，可将一端折进去一小段。

2. 将一个角向上折起。

3. 翻面。

4. 将另一个角向上折起。

5. 右上角向后折，保证竖边对齐。

6. 左下角向前折，保证对称。

7. 左边两个小角向前折，邻边对齐。

8. 尖角塞进大三角夹层中。

9. 翻面。

10. 右边两个小角，以同样方法，向前折，插入夹层。

方胜是两个菱形相叠的形状，传说最初是西王母佩戴的发饰，古今女子亦多有佩戴。明清时期在园林花窗、家具样式、门窗棂格中也有方胜造型。中国结也是方胜的一种演绎。相叠的菱形，寓意心意相通。古人将信纸叠成方胜式，装入信封，收信人看到时，便多了一份心意和郑重。除了方胜式，也可以将信纸简单地三折，写着收信人名字的一角露在外面，让收信人用拆信刀划开信封便能看到。

122

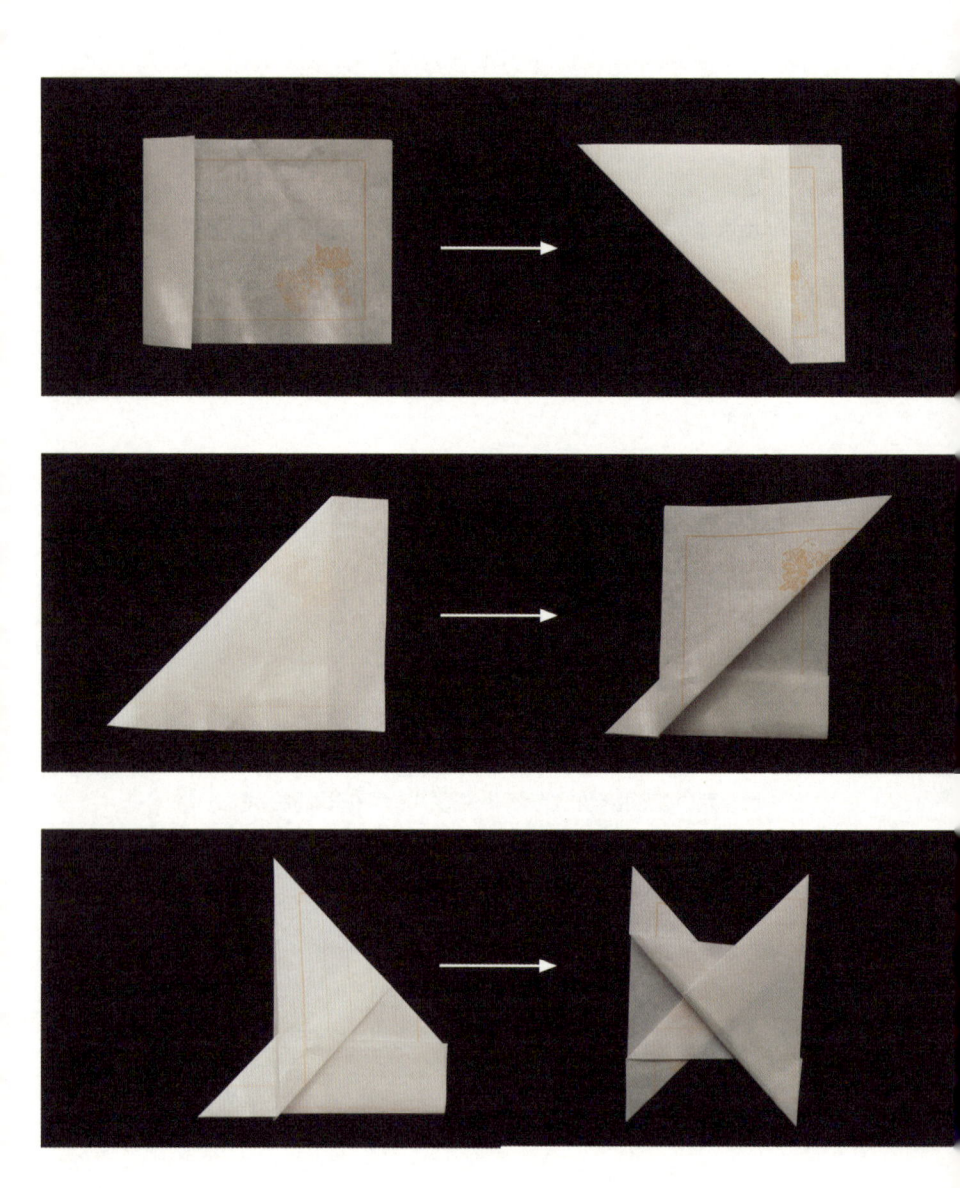

123

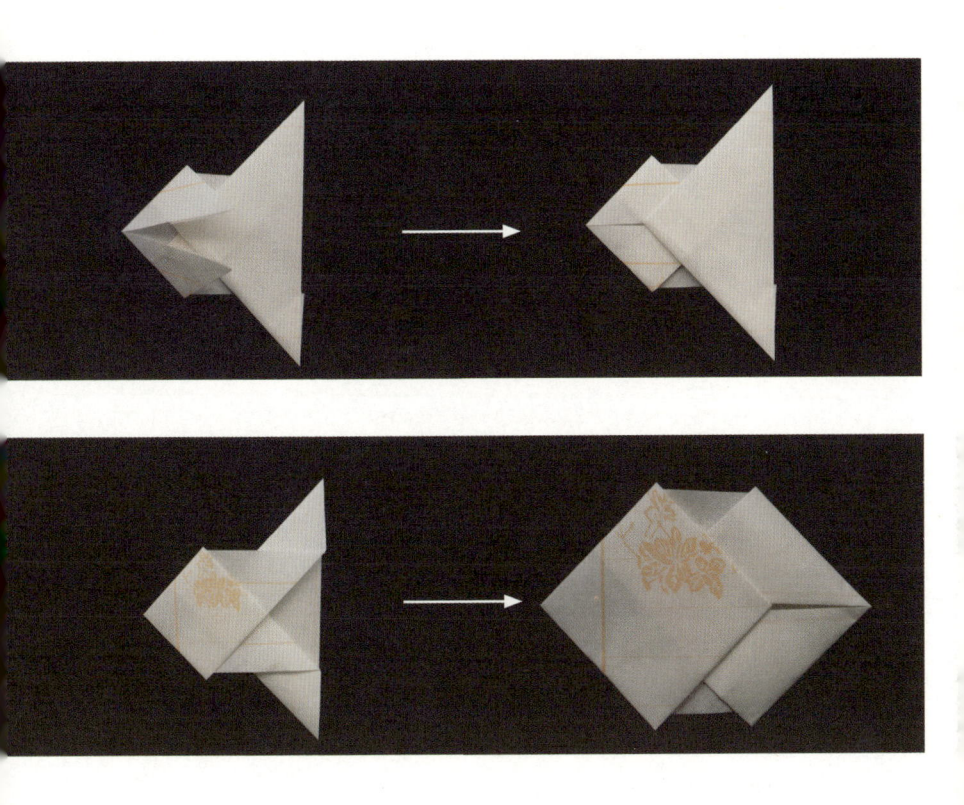

· 木槿姊妹 ·

伏天里，有我钟爱的木槿花，重瓣木槿尤其喜欢。

老家的楼下有一株独株，突兀地立在水泥浇筑的护坡旁，二十多年前随父母搬来时她便在了，植株壮茂，花木清疏。

这种粉色的重瓣木槿实际上有两个不同品种，一种中文名字叫粉紫重瓣木槿，另一种叫雅致木槿。我曾仔仔细细观察二者细处，仍找不出可靠的区分办法。除了一长串拉丁名当中有一个单词不同：粉紫重瓣木槿是 Hibiscus syriacus L. form. amplissimus Gagn.，雅致木槿是 Hibiscus syriacus L. form. elegantissimus Gagn.。

但我由此知道，Hibiscus 就是木槿花的意思。几年前到马尔代夫参加同学婚礼，等在海边酒吧里，喝到一种甜美的红色饮料。酒保在里面加了许多冰块，我还是能喝出这种甜不过是稀释了的糖水，在糖水毫无灵魂的甜味里，埋伏着一丝清晰明确的花香，十分动人。

我问这饮料是用什么做的，他回答，hibiscus。

Hibiscus？木槿花？我掏出手机Google了一下，确实在以英国茶为代表的西式拼配花果茶里，就有一类是用hibiscus调味。我在酒店商店里买了一盒Dilmah经典的马口铁散装茶，主料是rosehip这种酸味极浓的玫瑰果，配以木槿花瓣，使玫瑰果的酸味可以接受。盒子上说：

The English have enjoyed rosehips as a herbal beverage for centuries. Its characteristic tart flavor is softened here with Hibiscus flowers.

瞧，这就是我喜欢的花，连性格也这么像我——用来调和，把极端拉回中庸。

离了马尔代夫的酒店，就喝不到单一木槿花为原料的饮料了。这黯哑铁盒子里的英式茶早已经喝光了，粉红明亮的汤色与白瓷和玻璃茶杯都般配，只是味道并不及加了糖水的木槿花饮料。

与外国人相比，中国人更喜欢把木槿花裹上面糊炸着吃，听上去与炸南瓜花天妇罗一个路子。木槿花还是一味中药材，花瓣治一类病，种子（朝天子）治另一类病。吃各种植物的花，泡茶、油炸、行汤、做酱，这在历史上是有传统的，传统赋予了正当性，并不觉暴殄。

不过，重瓣木槿是后来才培育出的品种，在漫长的历史中，人们歌颂的、吃的、喝的是中国原生的单瓣木槿花。

《诗经·郑风》歌曰：

有女同车，颜如舜华。将翱将翔，佩玉琼琚。彼美孟姜，洵美且都。

有女同行，颜如舜英。将翱将翔，佩玉将将。彼美孟姜，德音不忘。

木槿

说的是男子与女子同车出游，满心欢喜的心情。"舜华"和"舜英"都是木槿花的别称，虽然清新可人，但花期短暂，如同眨眼一瞬，难得一见。春秋时先人们刚刚学会用自己的眼光重新审视自然界的生灵，却捕捉定位得如此准确，还有什么比"美丽"与"短暂"更适合描绘女子容颜。

北京的小区里种了不少单瓣木槿，每天傍晚去幼儿园接孩子的钟点儿，一路上的木槿花已经陆续卷起闭合了。朝开暮落，十分守时。宋代姚宽的《西溪丛语》罗列花三十客，品格高低有别，卑贱各异。木槿花得名"时客"，大概便取守时、瞬时之意。

木槿是韩国国花。网络上提及韩国国花时，不少是贴了一张重瓣木槿的照片。我很较真儿，总觉得重瓣木槿是后来培育的园艺品种，而且单瓣花似乎更合乎日本与韩国极简的审美观，他们喜欢的花就该是外表娇弱盈盈，而内在生命力顽强的品种。相比较，重瓣木槿太过华丽了。于是拜托同学问了一位从事园艺工作的韩国老人家，回答是：木槿花（mu-gung hwa），各个品种都可以算是韩国国花，但最常见的还是单瓣木槿。

《寻找千利休》里李成敏饰演的高丽公主，被囚禁在日本，目睹庭院中的一株木槿，思念故土；后来跟随青年千利休逃亡，至死带在身边一朵木槿花。木槿花已抽象为故国、美貌、易逝、爱情的图腾。最终，言语不通的二人以写在纸上的白居易诗句坦露心志，方为宿命的高潮。

松树千年终是朽，槿花一日自为荣。

至美而亡，是从前人们的审美。

柴田是真，天井画稿之木槿

这个镜头实在有资格被用在中日韩文化一家亲的宣传页上。

木槿属还有另一位名媛，更浮夸，更闪耀。她的名头太多，赤槿、朱槿、大红花……我最喜欢的是"扶桑"。这个名字"上古"感十足，是日出的地方。扶桑的颜色特别多，几乎每旅行到一个热带或亚热带地区，就会发现一种或几种不同的扶桑，黄色、红色、橘色、粉边红芯的……她们有一个共同的特点，"有蕊一条，长于花叶"。

扶桑颇有些不好的寓意，大概是伤逝之类的，老人家们很介意，我倒觉得没什么。好朋友乔迁新居时，送了一盆，她也很喜欢，认真照料下来，这种只在热带和亚热带定居的植物也在京城的雾霾里开出数朵姿态优雅的大红花了。

这个时节开花的锦葵科植物，除了木槿和扶桑，常见的还有蜀葵和锦葵。这四类花是难得的单凭花头模样就能区分的种类，无须深究叶片、叶梗、茎、植株整体状况，甚是便宜。蜀葵因原生蜀地而得名，而今早已扩散到全国去。在我的老家，人们习惯叫作大葱花，其实跟葱没有一点关系。至于锦葵花，我曾用她做过一件插花作品，可惜照片早已无从寻觅。蜀葵花和锦葵花的辨识度极高，很难搞错。

北京故宫博物院藏有一幅南宋画院画家李嵩的《花篮图》，编织精巧的花篮中插着大花萱草、木槿花、夜合花、石榴花、栀子。画正中的木槿花有桃粉色的花瓣、深红色的花心、鹅黄色的雄蕊，齿裂的花瓣边缘清晰可见。存世李嵩《花篮图》有三幅，这幅夏花花篮藏于北京故宫，冬花藏于台北故宫，春花藏于日本。

节令乐事 · 酸梅汤

材料:

山楂干 25 克、

乌梅干 25 克、

玫瑰茄 10 克、

陈皮 10 克、

甘草 3 片、

冰糖 80 克、

桂花适量、

水 2 升

做法:

1. 将除了桂花、冰糖以外的材料淘洗干净后,放入锅里,加水,大火煮开。

2. 调小火,加入冰糖,煮半小时,关火,趁热放入桂花,余热足以将桂花味道融入其中。

3. 自然放凉后,过滤,一次喝不完的可装入密封瓶中保存。

玫瑰茄与木槿花是近亲,二者均为锦葵科植物。酸梅汤的材料很容易在中药铺买到,可根据喜好增减。煮好的酸梅汤一定要放在冰箱里保存。

九月

> 月漉漉,波烟玉。
> ——李贺《月漉漉篇》

白露

· 庭桂 ·

年初宝得董桥先生的一幅字,朱砂色蜡笺上书"庭桂香中无一事"。桂树是我极喜欢的,而"无事"则是古语之"平安",今天日语中的"無事"仍是平安、无碍的意思。跟朋友开玩笑,若有庭院或园子相衬就好了,这样的字挂在中堂,风穿堂而过,满庭桂香。

对于桂花的香甜气味,我有种近乎上瘾的迷恋:吃粽子,要蘸桂花糖粒;煮酸梅汤,要撒干桂花;捏白玉团子,要桂花做馅儿;甚至冬天食红豆年糕汤,也要用糖桂花勾兑甜味,咂摸着遥遥无期的花开的日子。

曾写过一篇短篇小说自娱,给生在秋天的卖花姑娘取名桂子。柳永吟的"钱塘自古繁华,三秋桂子,十里荷花",是南国才有的风物。

我固执地想在北京的家里养桂花,从扦插开始,一棵迷你桂花树居然幸运地在花盆里活了下来。用养鱼的水浇它,它便隔三差五地开出一茬金黄色的桂米,四季不断。后来有些舍不得让桂花白白落进土里，不得用处，便趁花落之前，细细地剥落下来，攒在一只描着红尾鲤鱼的瓷碟里，需要时就用上一些，桂花新开了就再收集一些，碟子里总有用不完的一粒一粒金黄。

我这种收集桂花的方法很笨，无法规模生产。明末淮海名士周嘉胄在自己的《香乘》一书中收录了一种"木樨香珠"，即桂花做成的念珠，其中倒是讲到了收集桂花的办法：露水未干的时候，将布幔铺在树下，令人登梯上树，打下桂花，择去梗叶，精拣花蕊。据说今天满觉陇的桂农们也是用着同样方法。

人们发明了各种留住桂花天香的法子。比如《香乘》中的桂花念珠，采集的桂花花蕊，用石墨磨成浆，再用布包裹，压榨去水分，留下的干花在乳钵内细细研磨成细软状态，用小竹筒或凿出模子的滑石片作为度量工具，量出一定桂花末，用手搓圆，如小钱大，穿以牙签，放入垫了四五层纸的盘中阴干。稍微牢固些后，用线绳穿起，当风吹八九分干，新棉裹收，数年留香。吴自牧《梦粱录》"夜市"中记载："夏秋多扑青纱、黄草帐子、挑金纱、异巧香袋儿、木樨香数珠、梧桐数珠、藏香、细扇……"宋代的夜市，是买得到桂花香珠的。

桂花榨干汁液后，香气仍不减弱，故而常被古人用来合香，且须少用蜜或不用蜜。僧人制香简省，取半开桂枝，只将桂花与冬青果子同捣，入瓷瓶，以厚纸封口窖藏。甚至木樨稍蒸一下，晒干直接当香烧。还有蒸馏的方法，《红楼梦》第三十四回中写道："袭人看时，只见两个玻璃小瓶，却有三寸大小，上面螺丝银盖，鹅黄笺上写着'木樨清露'，那一个写着'玫瑰清露'，"这"木樨清露"就是桂花香露，是桂花蒸馏所得的香液。王夫人说："那是进上的。"

识花识香的宋人杨万里有一首《烧香》诗，写的是玩香高手的切磋，隔着文字都能瞥见瓷鼎银炉的黯哑光泽，与香炭的热度：

琢瓷作鼎碧于水，削银为叶轻如纸。
不文不武火力匀，闭阁下帘风不起。
诗人自炷古龙涎，但令有香不见烟。
素馨忽开抹利折，低处龙麝和沉檀。
平生饱识山林味，不奈此香殊妩媚。
呼儿急取烹木犀，却作书生真富贵。

谓杨万里深谙玩香手段，遍识龙涎香、麝香、沉香、檀香等名贵香材，终觉桂花香与自己的"书生"身份最为般配。大概古时香方中添加的木犀，与今日我在糕饼中添加的一点干桂花同理，有点睛的效果。

称巧的是，每年秋季，桂花开放前几日总是闷热的桑拿天，俗谚叫"木樨蒸"，与"蒸木樨"的香方不谋而合。这种天气最适宜催熟桂花，甜腻的味道勾芡在空气里，像醇香的美酒挂在杯壁。

一秋三度送天香，实际上秋桂有三波。早桂开在八月底、九月初，第二波便可赶上中秋佳节。一个传统节日倘有专属的时令花卉便一下子别致了起来。现代的中秋习俗早已改变太多，很多人宁可去买天价月饼，一送了之，也不愿和家人一起多花些心思和时间，动手劳作置办一番。我还是更向往古人月下赏桂、折桂拜月的雅事。真正的赏心乐事常是不花钱的。

在庭院中月光最满的地方设立桌案，女性家庭成员用桂和菊插一瓶花，其他家人帮忙摆香炉、烛台、果盘、月饼、茶酒。

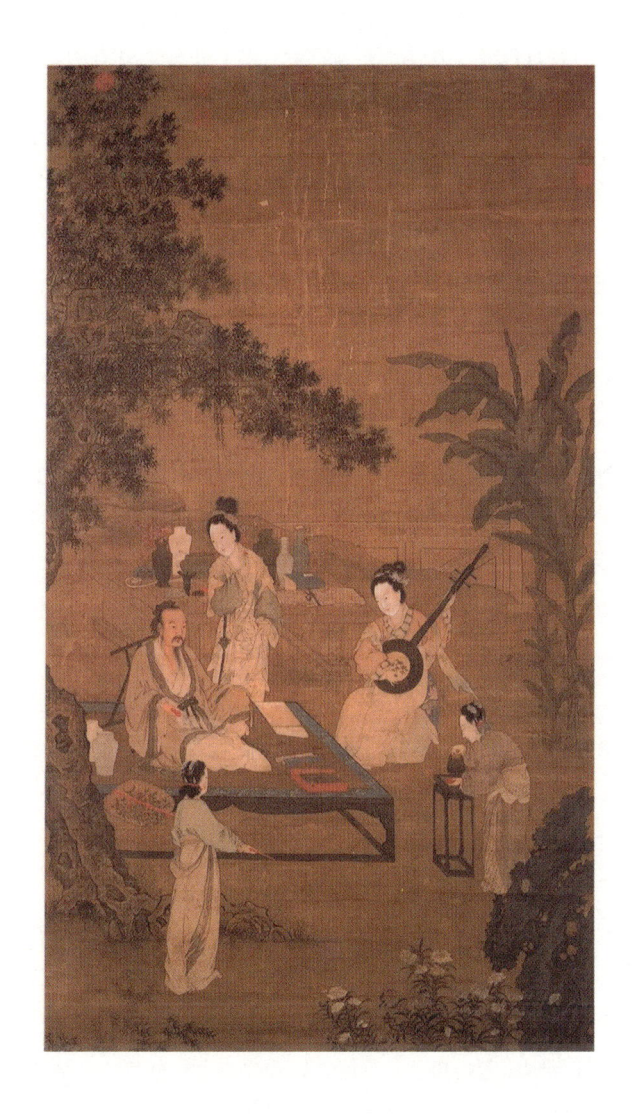

李嵩《听阮图》，庭院中置一番几，侍女正从香盒中取出香丸，添入炉中。是为隔火爇香。

月饼大多出自家里的厨房，或者街坊邻居家的厨房。一家人恭恭敬敬对月行礼，礼毕围坐在一起，分食供物，赏月喝茶，闲话家常。有孩童嬉戏在芭蕉叶下，叶片一抖，冰轮初现。

月光凉如水，各自无心事。

晚唐皮日休曾于八月十五明月夜在天竺寺赏夜桂子，写下"玉颗珊珊下月轮，殿前拾得露华新。至今不会天中事，应是嫦娥掷与人"之句。古人觉得桂花天香，似乎本不该属于人间，宋人杨万里也说："不是人间种，移从月窟来。广寒香一点，吹得满山开。"这飘自广寒宫的香味，只要一点，人间便是满山。

屠隆在《考槃余事》中写道，抚琴时"宜共岩桂、江梅、茉莉、薝葡、建兰、夜合、玉兰等，花清香而色不艳者为雅"。对于我们现代人迟钝的嗅觉来说，一般的花香都难以引起我们的注意，而屠隆所列举的春夏秋冬这几种香花，确是实实在在的花开一谷香——江梅是生于水畔荒冷清绝之地的野梅花，也是香材。茉莉的香气自不消说。薝葡即栀子花，也是典型的香花。建兰是文人偏爱的一种兰花，姿态挺拔且有幽香。夜合花即含笑。玉兰清香阵阵。而桂花因生于岩石山岭之间，江浙一带习称岩桂。有人说桂花的香是"恼人香"，挥也挥不去，赶也赶不散。正应了那句"浓薰不如此，何以慰幽栖"。

如果把花放在漫长的时间轴上，会发现有那么几种花是中国人骨子里就偏爱的，几世几代反复歌咏，用它插瓶，用它入馔，用它怡情，热情不减，而在广阔的空间轴上来看，这些花卉植物绝大多数都是中国本土生长的。桂花便是其中之一。

蝉幽幽，花冉冉，月隐隐，风叠叠。十里芬芳，一亭风露。别来他处，不过王维的"人闲桂花落"。

节令乐事 · 桂花鸡头米

材料:

鸡头米、黄冰糖、桂花

做法:

一小锅清水,加入黄冰糖,锅开后下鸡头米,等1分钟即可关火。盛出,在碗中撒入桂花调味。

桂花是甜点和糖水的绝佳搭档,红糖年糕、龙眼红枣汤、搓糯米圆子,都可以在最后上桌前点缀桂花。

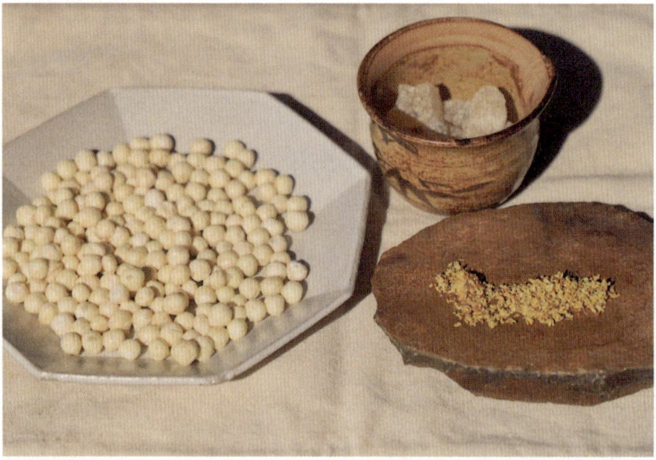

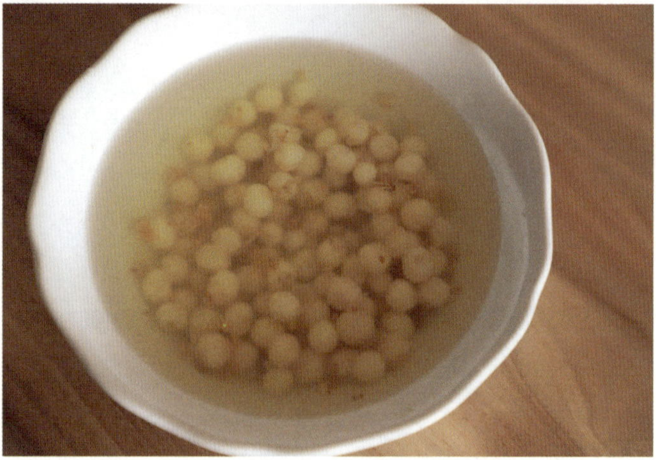

秋分

·何月不照人·

中国人对月亮的深情无他能及，月亮里有人生起伏，有人间悲喜。这一点恐怕只有东瀛人可同语，表白爱慕时他们说："你看，月色真美。"

小时候，每年过生日都没有生日蛋糕，对此母亲的解释是，因我的公历生日总会赶在农历中秋节前一两日，国营食品厂都在加班加点生产月饼，于是百货大楼里买不到新鲜的生日蛋糕了。我也曾怀疑母亲是不愿把本不宽裕的收入花在非生活必需品上，但不忍心究问，便不多言。所以，儿时对中秋节并没什么好感。

待自己成家，人们对传统节日普遍已经淡漠，除了月饼价格高涨，过节热情从未见涨过。我也不过跟孩子一起，烤一炉月饼，插一瓶菊花，月亮升起后认认真真看看她，无他。近年两次中秋节前往法源寺散步，其中一次赶上法会，默默立于廊下，听了一会儿。另一次逢着下雨，香客稀疏，大殿内有佛学生在上课，邂逅猫咪五只，莲蓬数擎，杂花数种。雨落空庭，时序流转果然令人感伤,于是对中秋节渐生不同心境。

喜欢独自看月亮,清寒,遥远,忠诚。两个人也好,只是难免要说话,心思就不全在月亮上了。一家人赏月又是另一种乐趣,古时于庭中设香案拜月,今时减了精神上的仪式,物质依旧,螃蟹、黄酒、菊花、糕饼,亲人好友围坐说笑。

"庭下如积水空明,水中藻、荇交横,盖竹柏影也"是我一再提及的赏月极境。没有一个字提到月,却处处都在写月。某年中秋,随家人夜宿潭柘寺,我扎了一只灯笼,小孩子开心极了,提着灯笼满处跑,终于在山寺阶前迎头撞见月亮。冰轮高悬山脊之上,边缘清晰如剪下的金箔贴在玄天。天上一轮,地上一盏,明月稚童两相望。

客居纽约那年中秋,没有买到往年常用来插花的墨菊、黄菊一类国内才有的品种,只在 whole foods 超市买了一盆小洋菊盆栽,勉强可用。螃蟹也只买得到蓝蟹,通体泛光,狰狞如外星生物。跟它们正面周旋了几个回合,败下阵来,只好展露人类恶毒的一面,心中念着"阿弥陀佛",将六只螃蟹一股脑倒进锅里,盖子扔上去,假装什么都没发生过。

儿子好奇地探过头问:"妈妈,你为什么要跟螃蟹说对不起?"

"咦,我说了吗?"

"说了啊。你再问问螃蟹原不原谅你?"

如果来世投了好胎,大概会原谅我吧。

黄昏时,电饭煲喷着煮饭的香气,我借着西边河上的一点余晖,用撒了云母的蝉翼宣纸白描了一幅法海寺的飞天。飞天头顶笼着祥云一团,放上一块捡来的圆石,充当月亮,便有了

《浣月图》

云遮月的想象。高古游丝，简单而清明。

想起喜欢的明末张宗子，同样寄寓异乡时，曾作"凉冽无翳，玲珑晶沁，人在玻璃国。空明如水，阶前荇藻历历"之妙句，弄笔之余，咂摸回味，水萍山鸟，故国宛在近前。

入夜，老友至，带了酒和花。

提前从华埠买的月饼大家都没吃，我做的糕饼似乎比较受欢迎。被红豆馅儿撑得圆滚滚的饼皮上刷蛋液，粘上两粒南瓜子，拟作玉兔耳朵。新居尚无蛋液刷，就用手指；没有擀面杖，就用毛笔杆。

异乡的中秋，乏善可陈。早时，一位长辈发来信息，说他正在海南七仙岭赏月。山中月、海上月，于我皆遥不可及，我正走在曼岛第八大道早高峰的人流中，眼前只有挂满告示的脚手架、餐车前排起的买面包圈和咖啡的长队、迅速切换的红绿灯、一张张写满奋斗的脸。

中央公园的秋虫在尽情歌唱，与不远处孩童的欢语，不知谁是谁的背景音。日本文化认为秋虫的鸣叫中天然带着一种悲，"虫の声"是俳句中惯用的季语。《源氏物语》里有"秋虫纵然伴人泣，长宵已尽泪仍滴"。中国也有同样的季节性敏感。北宋张耒《柯山集》中录"冷落卧寒斋，苦吟和秋虫"，是这位苏门大才子的自嘲和自哀，咽咽幽谷泉，萧萧秋竹风，境遇好不凄惨。古来文人多自怜，大家都知道不必当真，可真轮到自己了，还是希望能有人一应一和，聊作排遣，哪怕是秋虫也好。

美国的秋虫似乎听不出一丁点伤感，只是一味的大嗓门。大概因为没有美人给这里的秋虫写俳句吧，也没有蛙塘，没有衰草，没有秋风秋雨入茶来。如果这里的秋虫也有东亚秋虫的待遇，大概也会骄矜起来。

何处山川无明月，何处明月不照人。言者轻轻巧巧，听者却未必认同。又是一年秋风起，想念灵隐的桂花，北京的磨盘柿子、新核桃和稻香村的枣泥酥。

节令乐事 · 赏月纸灯笼

材料：

一次性筷子（4长8短）、一根冰激凌扁棍、一颗电蜡烛、万能胶、四张宣纸、一段细红绳、一段树枝

做法：

1. 将筷子用万能胶粘成图示样子。其中冰激凌扁棍需要裁成恰当长度，再将电蜡烛粘在中点。刚粘好时会不牢固，可以用物品辅助站立，待胶干了就不再晃动了。

2. 将细红绳等分为两段，分别系住对角的两根筷子，再一并系在树枝上，树枝用作提手。

3. 将4张宣纸裁成灯笼架四个侧面的大小，根据喜好做一些绘画、书法、贴纸、窗花、押花的装饰，然后用万能胶或白胶将宣纸四边粘在灯笼骨架上。一只灯笼便做成了。

筷子可替换为拆散的寿司帘或标准手工圆木棍。万能胶可替换为溶胶枪或细铁丝。树枝提手可换作任何一种小木棍或筷子，也可以在做好的灯笼底部缀一个中国结。

145

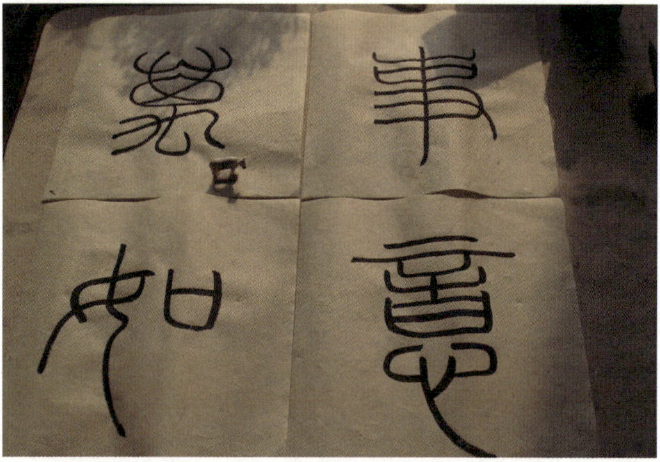

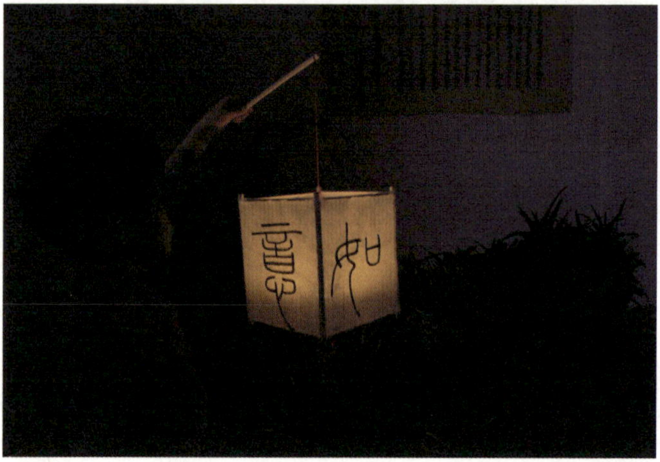

十月

据人家说,北平的天色特别蓝,太阳特别猛,月亮也特别亮。习惯了不觉得,有朋友到江浙走一走,或是往德法留学,便很感着这个不同了。

——周作人《瓜豆集》

寒露

· 菊 ·

学习插花之后，我参与的第一次插花展就是菊花主题的。重阳时节，数十种菊花蜂拥上市，在花市集结成大大小小的色块，姿态万千。随老师去买花材，一会儿就挑花了眼。在我们眼里明明是一样的颜色，老师却辨得出这一种是紫菊，那一种是墨菊。宋代修菊谱的范成大若在场，恐怕也要一嗟三叹了。

布展时，我分到的花材是一枝老松、三枝金黄色的乒乓菊、几段细弱的金银木果和早园竹。我需要用这些花材插一件瓶花，寓意松菊之寿。

待我费了好大工夫做好撒，固定了松枝和菊花，几种配材也大致找好了位置，正在帮其他同学修改作品的老师扭头一看，倒吸一口凉气问："菊花的叶子呢？"

"嗯？我嫌太皱巴都给揪了。"毕竟都是来看花的，谁会在乎叶子。

老师扼腕顿足大呼可惜："多美的菊花啊，糟蹋了糟蹋了。"

随手把三枝光秃秃没了叶片的乒乓菊从瓶里摘出来，另外挑了两枝紫菊，小心翼翼展开叶片，用食指和中指夹着叶片温柔摩挲着，叶片竟变得像熨过了一样坚挺。最终，我的插花作品就以一段老松配两枝紫菊的样貌呈现了。

菊花是不能没有叶子的，哪怕它不曾被注意到，因为这才是自然界中本真的样子。

我脑海中一直存有一首诗，来处已不记得，只是前两句过目难忘："燕归寻常巷，玉枕富贵家。从来重阳日，遍开万龄花。"万龄花便是菊花，药用的功效可以延寿，也叫寿菊，是富贵人家才消受得起的。于是我把这首诗工工整整抄在自己的作品卡片上。

我们办这场菊花主题的插花展还有另外一个目的，希望可以破除菊花，特别是黄菊、白菊与丧葬活动之间本不该出现的痼疾般的关联。果然不出所料，来看花展的人，不少人会指着大朵大朵的黄菊花交头接耳："这个不是上坟用的么？也可以插花吗？不吉利吧？"

中国人讲究五行，将自然时序和万物现象分为金木水火土五种属性。菊花盛开于秋季，而秋令在金，故而金菊、黄菊、黄花被认为是富贵、权力的象征，是最为高贵的品种。《史氏菊谱》载："菊，草属也，以黄为正，所以概称黄花……纯黄不杂，后土色也……"

日本皇室的纹章就是一朵黄色的菊花。从公元8世纪的奈良时期开始，日本先后派遣了19批遣唐使，引入了菊、梅、柳、桃、李以及牵牛花。镰仓时代的后鸟羽天皇热爱菊花，把菊花纹作为自己的印记。之后的后深草天皇、龟山天皇、后宇多天

清人江香女史马荃在花朝节第二天画下这幅《菊篮图》

皇也继承了这样的菊花印记，直至菊花纹被定为日本皇室的徽章。二战期间，美国人类学家 Ruth Benedict 受军方委托研究日本的国情和文化性格，写出迄今畅销的经典著作《菊与刀》。菊花代表了柔美的一面，是《枕草子》中的"今晨雨止，朝日晃朗照耀，庭前菊花，露繁欲滴，非常好看"，是川端康成笔下的温婉女性。

在中国，菊之高贵不仅深受皇家喜爱，更是千古文人自比的对象。故宫藏有一幅清代禹之鼎的《王原祁艺菊图》，画中主人王原祁是明末清初著名学者兼画家王时敏之孙，他端坐榻上，注视着庭院中数盆凝厉挺拔的菊花盆栽，粉紫间杂，身旁的红釉纸槌瓶中插两枝菊花和一枝白色百合，选色清雅。百合花的开放度较小，修剪高度低于菊花，体量弱于菊花，菊花的主题十分突出。彼时仍是康熙一世，文人气质尚古。

2016 年的重阳节，故宫办过一场菊花主题的文物特展，特展办在永寿宫和延禧宫。配合着室内文物陈列，室外院落里还高低错落摆放了来自古都汴梁的菊花品种。这次器物和织绣展不同于古画中菊花清冷高傲的一贯形象，重在突出生机盎然的装饰性菊花纹样。暗暗淡淡紫，融融冶冶黄，我仔细辨认着一只小香炉上究竟是缠枝菊纹还是折枝菊纹时，听到导游从身后对自己的旅游团喊话："这里没什么好看的，请大家迅速通过。"

"花中君子""秋卉盟主"的宣传字眼，与菊花耿直不媚的生物特征倒是十分契合，让我想起每次插花课只要有菊花，大家就会非常头疼，宁折不弯的菊茎需要莫大的耐心和专一，才能依靠手掌的温度一点一点弯出肉眼勉强可辨的弧度。菊茎折断声音很清脆，是菊花对人类的嘲笑。

其实，正是因为菊花高贵，菊花纯洁，菊花寄托了祖辈对于美好意象的几乎全部向往，人们才会用它来祭奠逝者，追忆亲故。原本是一场好意，却被不明就里的追随者认下，铸成偏见，酿成闹剧。

在欧洲幽静的墓园常能见到追思的花束，大多是两三枝白色的百合花，或者是白色马蹄莲、白玫瑰，一把杂色野花也好，清爽干净，从观感上似乎比插得满满的一篮子黄菊花头美观不少。而后者正是在我国南方乡下旅行时常见的墓地景观。我很诧异他们是如何做到让清明节也有黄菊开放的，一丝丝花瓣生硬地支棱着，在这个不属于它们的时节。

如果非要形而下地从菊花身上挖出些实用价值，那绝对不是丧葬功用，还是菊花酒更顺理成章吧。季秋，吃蟹，赏桂，喝老酒。老酒里沉着新采的菊朵，芳过百草。让菊一跃成为千古红人的陶渊明，当初不过是写了一首下酒诗，物尽其用。陆放翁更直白些，今朝唤父老，采菊沉酒壶，酣醉病中。

菊叶也有妙用。某日三五同学聚在一处吃蟹，有女同学心细，在每人近旁放了一个小水钵，水里漂着几片干净的野菊叶，说用这个洗手可以去腥味。我们笑说也比得上大观园螃蟹宴的精致了。座中师友有能吟"林潇湘魁夺菊花诗"的那首《咏菊》，七律尾联最点题，"一从陶令评章后，千古高风说到今"。可惜"到今"是曹雪芹的"今"，我们的"今"已吹不到这高风了。

林黛玉凭《咏菊》《问菊》《菊梦》三首稳坐诗魁无虞，但在这场比赛中，我倒是觉得枕霞旧友史湘云的"隔座香分三径露，抛书人对一枝秋"明显更加不俗。一句足以抵三诗。

野菊花

近些年，中式传统插花有复苏之势，伴随着文化意识层面的亲近，人们自然愿意在吃穿用度的日用层面对接古人习俗。喜见母亲节开始有人送兰花、芍药花了，不再是舶来的康乃馨一统天下。如此看来"倒退"不一定全是坏事，如果有人送我一束菊花，哪怕是黄菊，我也会是开心的。

节令乐事 · 采制菊花茶

菊花家族庞大，几乎各个月份都有开放的品种。秋季是山间野菊花烂漫的季节，适合大把大把采回家自制山菊花茶，色泽金黄，气韵清香。做菊花茶，用尚未开放的菊花花蕾（菊米）或者已开放的菊花花朵均可，前者味道更冽，药用功效也更大些。

做法：

1. 采花。先一大束地采回来，不要去揪掉花头，这样有利于花朵保鲜。

2. 清洗。回到家后，将新鲜花朵一一取下，无论是花蕾还是平展的花朵，一并放入清水盆里，轻轻搅动，洗去灰尘和杂梗。注意涮洗用力要轻，否则容易破坏完整花形。

3. 快速烘干。平铺在烤箱里，80℃左右烘烤半小时，可根据菊花量适当增减时间。注意温度一定不要太高，否则花瓣容易烤焦。如果没有烤箱，可以在洗干净的炒锅里，翻炒2分钟。

4. 自然摊晾。烘干过的菊花，仍需要平铺薄薄一层，在通风良好处晾晒两三日。此时的菊花茶呈一颗颗金黄球状，建议用玻璃瓶或陶罐收纳。

用烤箱或炒锅快速烘干的步骤不可省略，否则后期容易生虫。另有蒸制杀虫的方法，窃以为所得菊花茶味道有较大改变，几近药味，不如烘干的菊香自然。

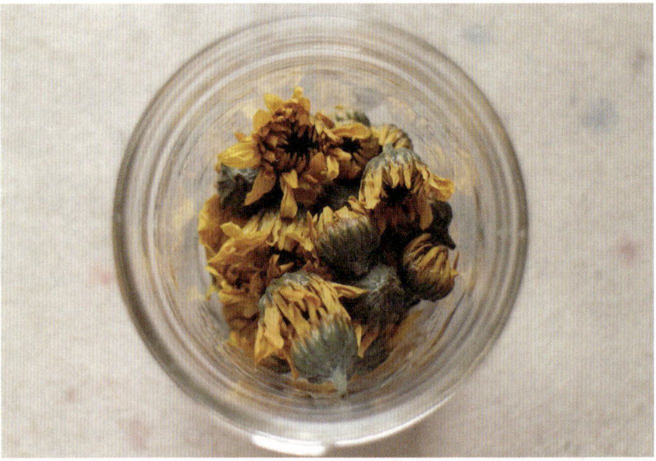

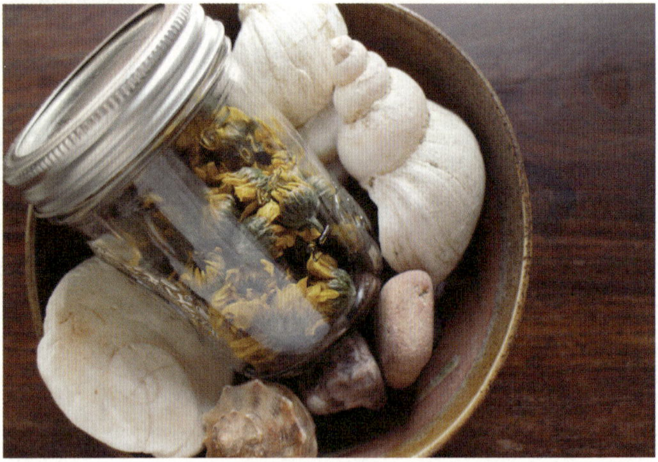

·秋草·

    下午,天光最是漫长。从奈良站出来,先去国立博物馆看了每年只开放两个礼拜的正仓院展,然后像完成任务似的逃开欢快满足的人群,一头钻进隐藏在町家的依水园。依水园是典型的日式庭园,纤弱、细微,移步换景。园内秋色明净,一汪池水温柔地映着若草山的倒影。池边枫叶落向玉苔,排香丛生,不远处胡枝子花期已过,很是寂寞。

    胡枝子另有一个好听的名字,叫"萩"。京都天皇御所附近的梨木神社是萩花的乐园,秋日里开出一片红紫色。获过诺贝尔奖的物理学家汤川秀树幼时曾随家人安家于此,神社内有汤川秀树的一块歌碑:"昔日旧园已千年。木下林荫里,萩花好烂漫。"

    萩是"秋之七草"之一。秋之七草一说最早出自《万叶集》山上忆良的和歌:"芽之花、乎花、葛花、瞿麦之花、姫部志,又藤袴、朝皃之花。"指萩花(又名胡枝子)、芒花(又名尾花、获花)、葛花、瞿麦(又名抚子花、石竹)、女郎花(又名女

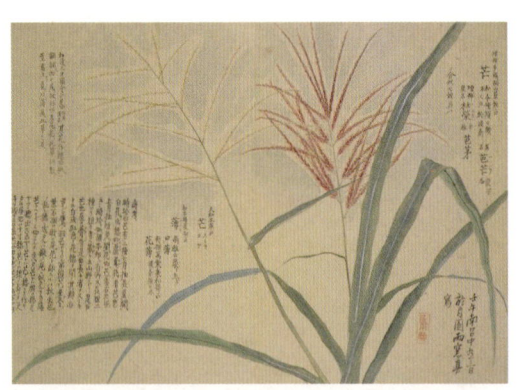

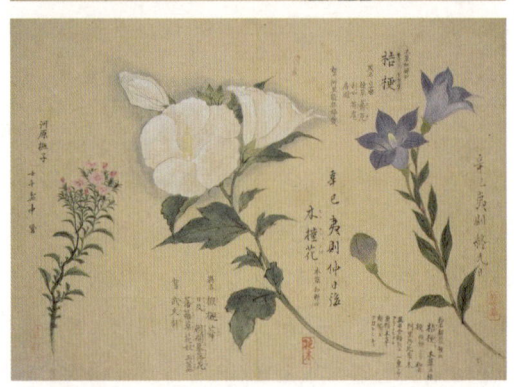

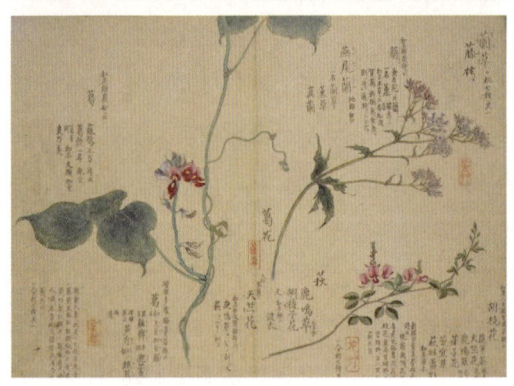

毛利梅园《梅园百花画谱》(一)

萝花或酱草)、藤袴(又名泽兰、兰草)、桔梗。与用来煮粥的春之七草不同,秋之七草只用于观赏,不作食用。有一种叫作萩饼的传统食物,这是它秋日里的名字,春天时叫牡丹饼,但其实无论跟萩花还是牡丹花都没什么关系,大概是借助季节风物的联想吧。

红豆煮到软烂,汤汁刚刚好煮干,另外将糯米和粳米混合蒸熟,轻捣后用手揉成团,外面裹上红豆。也可以将红豆馅儿塞进饭团里面,再将饭团滚上一层甜甜的黄豆粉。我做的萩饼的皮和馅儿并不十分分明,软塌塌的暧昧不清,只不过自己做的,还是要郑重地吃下去。与众多出身富贵的和果子相比,萩饼称得上是最平民化的了,平凡人家亦享用得起,因而很受爱戴。

出依水园,对面民家竹篱笆内,白色茶花开得耀眼,已是初冬光景。绕过大佛殿,拾石阶过山门,过二月堂、三月堂,在通往春日大社的山麓旁,有一家小小的茶屋。在这湿冷的天气里,必须一碗热汤面下肚才有底气继续走下去。我用眼扫过菜单,小心翼翼地问头巾的老板是否还有萩饼,老板笑着进了后厨,旋即现身告诉我还有,并示意我可以绕到茶屋后面空地的座位慢慢享用。

茶屋的另一侧可以俯瞰整个溪水流深的山谷,故取名水谷茶屋。一个人吃光一碗面和一份萩饼并不困难,只恨日短,透光的枫树逐渐暗下,余晖缓慢褪去,酞蓝色天宇澄明。

传闻山西省的一位藏书家发现了一册作者不详的日文小书《花之道》,刊行于昭和十六年,手绘图画色彩沉着,用笔娴静。后经慧眼的三晋出版社整理出版,以原卷数字编号《陆拾柒目》取代原先《花之道》之名,归属石山皆男名下。书中有

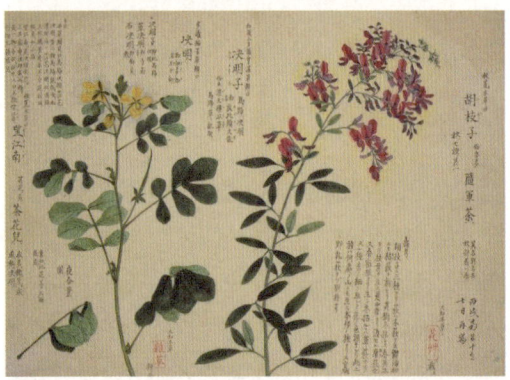

毛利梅园《梅园百花画谱》（二）

两件以芒草为主材的插花作品,反映的正是对季节转变的细微体察,由暖转凉,自盛而衰的物哀与无常。其中一件用茁实笔直的芒草,搭配了薄紫色的萩花与暖色的雁来红,花器用白瓷丸形瓶;另一件只在浅浅的水盘一隅插一杆细弱弯曲的芒草和数朵野菊花。秋野萧瑟,胜似繁华。

芒草生于南方泽畔,北方多见的实为芦苇,区别就在杆的部分,芒草实心,芦苇空心。某年回南方沿海探亲,路过开满芒花的岸渚,云气聚拢,海天相接,偶有惊鹭掠过。我这个北方姑娘贪婪地想要采一大把芒花回去插起来,弟弟妹妹们都来帮忙,不想割下来的芒草太长,坐在车里极不方便,只能摇下车窗让半截芒草飘在外面。车在沿海公路飞驰,眼见芒花被海风吹散,不觅踪影,到家时已秃了大半,弯折变形,只好忍痛丢掉。

"万物难为有,无常似尾花。空蝉如此世,幻灭若朝霞。"诚不欺我。

至于桔梗的根,在我的家乡常被腌渍成咸菜,俗名"狗宝"。抗日战争时期,日本人在东北不易找到"牛蒡"这种常吃的小菜,于是用口感近似的中药材桔梗根来代替。日语"牛蒡"的发音近似"狗宝"。老家菜市场总有人推着带玻璃罩子的小车贩售,玻璃上一定要贴上"朝鲜小菜"或"延边风味"四个红字,风味斐然。儿时的我十分喜欢吃。后来学习插花经常会用到容颜可爱的铃铛形的桔梗花。

花市只出售蓝紫色的桔梗花,与儿时在旧家所见是同一品种,很长时间里,我以为桔梗花只有蓝紫色的。直到去年深秋的一天早上,带着饭团和热茶去三十三间堂听师父唱经,途经

白色桔梗花

一座很小的寺院，夹在三十三间堂和养源院两个巨人之间，一不小心就忽略了。院门开着，空无一人，倚门种着一盆桔梗花，只开了一朵，洁白无瑕，皎然颔首，依旧是少女害羞时微腆的面容。啊，原来桔梗花不尽是蓝紫色。

藤袴的名字很拗口，中文名字泽兰就亲切很多了。若在国内走访不同的省份，他们会告诉你这是孩儿菊，或是白头婆，皆为当地爱称。藤袴，或曰泽兰，其实不是兰，而是菊科泽兰属，山野中择水而生，有蒲公英一样的白色茸毛。范成大《菊谱》云："紫菊，一名孩儿菊，花如紫茸，丛茁细碎，微有菊香，或云即泽兰也。"古代名物在流传过程中容易出现名称的偏差，一来由于物种自身演变，二来为方言所惑，三来因古籍撰写誊抄中的谬误。兰、菊的谱系更是如此。

宋人方虚谷也在《订兰说》中矫正说："古之兰草，即今之千金草，俗名孩儿菊者。"而唐之前的兰草，确多指泽兰。孔子周游列国，不被重用，过隐谷之中，见香兰独茂，喟然叹息道："夫兰当为王者香，今乃独茂，与众草为伍。"继而做《猗兰操》，曰"兰之猗猗，扬扬其香"。有人便依此将此兰对应为我们通常所说空谷幽兰之兰花。但实际上，有王者香的香兰，不是兰花，而是泽兰。

《本草经集注》中陶弘景认为："生泽旁，故名泽兰，亦名都梁香。"但都梁香是另外一种香草，或曰零陵香、灵香草，又非泽兰了。在向一位考据认真的香学前辈请教这个问题时，他特意发来图片，再三叮嘱泽兰与灵香草有相近的叶子，但花完全不同。

其实胡枝子，以及瞿麦、葛花、泽兰、女郎花云云，大多数时候只是普通的中药材，躺在中药铺的抽屉柜里。如此看来，秋之七草并非完全不可食用，实在是稚弱的花序和不起眼的做派惹人怜爱，触动人类相惜与哀愁之情，才要在歌中反复吟咏。

故秋草之味，终不在口腹，就像小津安二郎的《秋刀鱼之味》从头到尾都并没有出现秋刀鱼。日语里有一首小孩子的《春之七草和秋之七草的记忆歌谣》，词句简单，似可借以了解秋草之味的真谛。唱的是：

胡枝子、芒茅、葛蔓、女郎花、泽兰、铃铛草、瞿麦花；随风摇曳，原野里明月初上，真感人，真感人，真感人，秋天如画。

节令乐事 · 带小朋友逛植物园

我很喜欢逛植物园、花圃、温室,但孩子年龄太小,尚无法感受其中乐趣。毕竟植物园不同于完全野外的环境,多数情况不能伸手触碰,也不能撒欢乱跑,孩子会觉得受到束缚。与此同时,信息获取渠道往往局限于说明标牌,有些术语不易懂,除非植物深度爱好者,多数成年参观者尚且只能靠视觉和嗅觉感官来欣赏植物以及周围环境,很难有余力为孩子讲解。

结合个人经验,同时借鉴国外植物园的做法,以下方法可以把逛植物园变成一项游戏,增强孩子的参与感。

1. 出发前,了解目的地植物园的明星植物、特点亮点,比如"能吃虫子的花""成千上百种香草""二层楼高的仙人掌",引起孩子兴趣,于是逛植物园的过程就成了寻宝游戏,跟孩子比赛看谁先找到那棵(片)植物。

2. 除了明星亮点,寻宝的目标还可以是"哪株样子最搞笑?那是植物的什么部位?为什么它要长成那个样子?",或者"你发现哪些能吃的植物了吗?",并且邀请孩子们把答案画下来。

(以上两个问题来自美国华盛顿联邦植物园的"植物护照"。很多植物园在进门处都会提供类似小册子,还有专门给孩子设计的"任务书",并提供纸笔工具,主要目的就是让孩子忙起来。在一些保护区,孩子了解尊重生命、自然农法等概念,并完成任务,还会得到嘉奖。)

3. 把地图交给孩子,让他们制定路线,在前引路。根据孩子选定的路线,每到一个标志性地点,就在地图的相应地点盖章或画下某种标记。

4. 帮孩子准备一袋彩笔和一个画画本，随时遇到感兴趣的植物，可以停留一些时间，耐心等孩子画完。

5. 留意植物园一年四季的活动，比如户外写生、植物画展、自然讲座、苗圃市集、鸟类观察、园丁徒步、儿童菜园等等。

十一月

冬月,时有韭黄,地窖火炕所成也,其色黄,故名,其价亦不贱。

——《燕京杂记》

立冬

· 蒐蠹之乐 ·

历史学教授辛德勇著有一本书《蒐书记》，书中忆及77级大学生物质之匮乏、读书之饥渴、先生治学之严苛，细算下来只是父辈的事，却有隔世之感。

我也喜欢读书，自幼就喜欢。于我等独子独女，书籍大概是最长情的伙伴了。

最早的嗜书记忆是刚上小学的时候，堂叔有一套《中国历史故事丛书》（大概是这个名字），一个朝代一本小书，被我拿回家就再也没还他。每天最开心除了跳皮筋，就是放学回家一遍一遍地读，睡前也躺在床上读。共工神农、少康中兴、盘庚迁殷、介子采薇……是儿时并不富裕却无比满足的光阴。

五年级时，班上同学，也是我的好朋友珠的爸爸从外地回来，给她带回一套元杂剧和明清小说改编的通读本。在我的城市，这简直太奢侈了。珠把每本书包上雪白的书皮，纸浆纹路清晰，手感厚实，当时只能用旧挂历包书皮的我至今还记得那种香衣鬓云的高级感。我们每日结伴上下学，我向她借一本，她就带给我一本，读完还给她，再借别的。

长大后，我们都在北京求学、生活，她把当年写的日记读给我听，大笑曾经在日记里骂我贪婪且没有好脾气，如果忘记带书给我，我会恼怒发火，对她没有好脸色。我自己却完全不记得了。

老家城市没什么书店，只在最繁华的地段有一家新华书店。虽然以教辅书、法条、政治宣言为主，要说可读的书，是很难选出一本，但每逢放假还是愿意去看看。家附近的报刊亭，常年售卖《知音》《故事会》一类小说八卦杂志。来北京读大学后，每逢寒暑假前夕，母亲会跟报刊亭里的人打好招呼，他会从我火车到家的那周起，单进一份《三联生活周刊》，直到我开学离家。

自己有了可支配的买书钱，是上大学以后的事。一应开销全由自己做主，周边书店也多，如鱼得水。环绕北大内外有野草书店、博雅堂、风入松、海淀书城、中关村图书大厦、万圣书园，一时群雄并立。学术书籍在这些书店中占了很大比重，师生多有光顾。特别是野草书店，折扣很低，宽厚的书脊填满岌岌可危的书架子，窄道仅容侧身通过。当年贝塔斯曼书友会也还在，我还办过会员卡。

毕业后，听说学校附近陆续开了几家文艺书店，陆续又关了几家。可惜我住得实在太远，很少回去，聚聚散散，无从得知。

好在北京并不缺少书店。涵芬楼、三联韬奋、中国书店、荣宝斋咖啡书屋、言书店、Pageone、Kubrick，还有曾经的报国寺书摊儿、光合作用书店、单向街，甚至博物馆美术馆的书店也可消磨些时辰。这些书店，成为一座城市令人安心的所在。

每次去琉璃厂买纸笔，大多会在荣宝斋的咖啡书屋歇个脚。北京太大，需要这样的歇脚处。满架子买不起的画册随便翻看，很过瘾。

与南新华街对面的中国书店相比，荣宝斋的书屋更显现代舒适。中国书店胜在书目齐全，但销售员大多气场强悍，每次请教书的位置，都要察言观色，寻一位面容和善的大姐，暗自鼓满勇气，走过去做十分抱歉的样子，见缝插针地打断她们的闲聊，然后再颤颤巍巍讲出自己的问题，最后被对方气动山河的回答湮灭："应该就在对面架子上，你自己去找找吧。"

荣宝斋的书屋不以售书为主要目的，但坐在这里看书的一个上午，总有老主顾寻某一期的杂志、某位画家的画册，偶尔还有电话订单。一位拄杖老人进门订书，发须花白，面容疏朗，大概是一位老艺术家罢。女经理出面迎接。老人问："这里最便宜的是什么，咖啡或茶都行，我知道现在的规矩是点一样东西才好坐下看书的，但是我又觉得价格都太贵了。"

年轻的店员们只是笑。

我独坐一楼的一角，看了常玉和于非闇，后者见于朵云轩旧藏，是我一直以来所喜欢的工笔风格，还曾拙劣地模仿。时有花香从身后传来，回身见花瓶里有残枝百合，默然享受生命最后光阴。

是日览书五册，最终还是买下一册宋人花卉图，一册于非闇讲工笔花鸟。假装宽慰自己道，刚刚见到中意的古铜色水盂和颜料块都没舍得买，两本书钱不算什么。心满意足打道回府。

书店真是要"逛"的，选一天郑重其事地逛，或者朋友见面约在书店，或者路过歇脚，都是极好的选择。有时后者反倒

纽约的二手书店

更有收获，我称之为"来自书的召唤"。

在英国剑桥大学读暑期学校时，某一天无课，临时决意乘火车北上York游览一番。一位师兄正欲往York拜访他的老同学，我们便买了同一车次的车票，相约结伴往返。我一个人逛了老城，爬了城墙，傍晚赶回火车站与师兄会合，结果师兄久等不至，我便在书店消磨。买了一本名叫 The Island 的小说，它被摆在一进门最显眼的位置，应该是最新上市的畅销书。直到暑期学校结束，我才完整读完，几度掩卷，泣不成声。几年后我结了婚，蜜月旅行时，还特意辗转交通——从雅典飞到克里特岛，租上车，自驾到克里特岛另一端的码头，换唯一的交通船上岛——到书中 Spinalonga 这座曾经的麻风病孤岛上，缅怀此间的悲欢离合。如今离岛荒废，与克里特主岛之间往返的唯一一班船上，全是慕这段历史而来的游客，足够养活码头的餐厅。又过了很多年，国内出版了这本书的中译本《岛》。

渐渐地，我对买书这件事的爱好扩大到了古本。古本是日本的叫法，中国习惯叫旧书、二手书，民国前的以古籍善本相称。由于缺乏古籍常识，也不认识这个圈子里的人，没人带，所以买古籍这件事并不敢大操大办起来，只小打小闹地从琉璃厂和孔夫子网上买了《植物名实图考·隰草卷》《文昌杂录》《睎周集》这样的小书。

买古本还是日本好，几番去京都和大阪，都专门留出一天买书。京都除了竹苞楼、京阪书店、大书堂、赤尾照文堂、紫阳书屋等著名的古本书店，还有一年三场的古本祭。由于秋季古本祭的时间常与奈良正仓院开仓展览的展期重叠，所以几次赶上的都是设于百万遍知恩寺的秋季古本祭。我在日本淘书不

京都古本祭

多，也有最合心意的几本，启功先生在香港中华书局出版的《诗文声律论稿》、古文学者周振甫的《诗词例话》、1907年的《芥子园兰竹谱》，知识更新换代难免，但几番翻读还是能体会老先生们的深情。

客居纽约的一年，花了很大精力——拜访曼哈顿岛上各具性情的旧书店，也写下了逐一介绍的文字和纽约、京都古本行业对比的文章。纽约有不少热爱藏书的老先生，多数是old money，整个行业看上去比日本景气很多，或许跟珍本普遍被认为是收藏品、艺术品，以及书店的经营者在"经营"这件事上花的心思确实比日本古本书店要多一些有关，此为另话了。

不妨用董桥的一段话解释我对纸书的爱：

我情愿一页一页读完一千本纸书，也不情愿指挥鼠标滑来滑去浏览一万本电子数据……冷冰冰没有纸感、没有纸香、没有纸声……仿佛跟镶在镜框里的巩俐彩照亲吻。（《从前》）

有时会想起古人雨后晒书，数卷黄卷摊晾在石坪上、竹席上的画面，风过书页兀自掀翻着，旁边一定守着一名童子。我羡慕他。

蒐蠹之乐，其乐无穷矣。

节令乐事 · 正山小种奶茶

天气转凉，又到了手里必须捧一杯热汤水才能安心工作的季节。要么是各式茶包，要么攒三五泡茶装满整个匀杯，热咖啡、热抹茶也好，甚至煮得甜腻的冰糖龙眼桂花都好。似乎指尖的文字得顺着升腾的热气才绵延不尽。

这个奶茶方子是武夷山一家客栈的女老板教给我的。那年我沉迷岩茶，迫不及待南下寻找心仪的水仙和奇兰，就住在她的店里。因是阴寒早春，住店客人并不多，老板娘打理完一天的事务，会吃上一支"山茶花牌"香烟，坐到吧台跟客人聊天。她用桐木关的正山小种红茶给客人煮奶茶去湿寒。老板娘说，她煮的奶茶格外醇香，秘诀就在于提前将茶在锅底焙一下，闻到松针熏制的茶气，再将牛奶倒下去。

她说这些话时，屋外雨声掩盖了一切嘈杂，几只鸡小心翼翼地在檐下避雨，不时朝屋里探头探脑。

材料：正山小种茶叶、全脂牛奶

做法：

1. 将茶叶摊放在干燥的小锅锅底，用最小火烘焙，待嗅到茶香即将牛奶倒下去。

2. 依旧是最小火持续搅动，不要着急，保持牛奶不沸腾，至少煮够 3 分钟。如果刚倒进牛奶就快沸起来了，可以将奶锅端离火源一下。

3. 关火，过滤后饮用，可在煮好的奶茶里点缀葡萄干或干玫瑰花，无需加糖。

煮奶茶

小雪

· 蔬食而遨游 ·

十字花科植物有很多著名的蔬菜，它们因平和温顺而被南方北方广泛食用，乳儿的第一口蔬菜很可能就是十字花科的，比如白菜、萝卜。白菜是中国土生的，萝卜是在《诗经》的年代从欧洲传入的，二者都陪伴了我们几千年。

萝卜

冬吃萝卜，不是说说而已。

白萝卜，最是季节恩物，清汤，炖肉，都好。最常见的还是炖肉，跟什么肉炖，就是什么味道。萝卜原本的味道所剩无几，变得晶莹莹、软绵绵，按方剂君臣佐使来比，萝卜和土豆一样，是绝佳的臣辅角色。若是担纲主角，有将萝卜擦丝入酱炒的，那味道我吃不来，总觉着有股臊气。我喜欢单用白萝卜烧汤，唯独盐要比平常略多些，如此清新却不寡淡，很和脾胃。同和居有一道清炖萝卜汤，土锅煲着滚烫的透明萝卜块，拌米饭吃十分落胃。唯一不足是用了肉汤，吃不惯荤腥的人会觉得抢了萝卜的清甜。

江浙一带有一道滋味浓郁的红烧萝卜，热油翻炒，重施酱油和糖，以清水将四壁汤汁收入釜底，大火烧开，中火收汁，入盘后几粒葱米即可，十分下饭，偶有肉味之想象。

现年流行的关东煮，白萝卜不仅是最受欢迎的配菜，也是汤底料。寸许厚的白萝卜段、半个苹果、两截昆布、几朵香菇、几勺酱油，就能煮出一锅好汤底。汤得了，下配菜之前，苹果和昆布单拎出来弃掉，萝卜和香菇是要留在汤里，摇身一变，成了配菜。

东北的白萝卜有成人大臂那么粗。红萝卜也是东北产的最佳。切大块，上锅蒸熟，用筷子戳起来，蘸着黄酱大口大口吃。我喜欢早餐佐粥吃，甜软多汁，令人忘乎所以，哪里像是在吃萝卜。

还有一种乒乓球大小的红萝卜，东北人叫它水萝卜，是生吃的，极脆，有甜味。买法不是论斤约，而是论捆卖，三五头攒在一处，用麻绳扎住萝卜缨，算作一捆。水萝卜的清脆爽口不亚于水果，但那必须是在水分很足的时候，一旦糠了，就不好吃了。其实水萝卜的缨子烧汤也是正儿八经的一道菜，但因为害怕农药残留，菜市场买来的大多不敢吃，缨子揪去扔掉，只吃洗了又洗的小水萝卜。生宝宝那年，干妈从自己侍弄的地里摘了一后备厢新鲜蔬果，开车送来给我，其中就有这水萝卜。萝卜直接生吃，缨子也做了汤，除了细切的葱花和蒜片，什么都不放，汤水被缨叶自带的色素染成淡紫色，有一股特别的清香。

寓居美国的时候，发现美国人几乎不吃萝卜，却喜欢在沙拉里放切成薄片的水萝卜（Radish）。米其林餐厅甚至利用红色萝卜皮和白色萝卜瓤的颜色反差，将一颗小萝卜切成薄如蝉翼的螺旋造型。家乡妇人大概很难想到，三口两口便能吃掉一小篮的寻常蔬菜，被打着领结的服务生虔诚以待，盛它的盘子还要撒上金箔。

青萝卜我小时候常吃，吃法估摸着别家没有。母亲买回了青萝卜，洗净后搁在砧板上，还未架刀，就开始吆喝了："谁要吃萝卜啦？"我闻声而动，美滋滋跑到厨房，站在母亲给我规定的安全距离以外，等看表演。母亲用刀把萝卜片外圈的皮划开一道口子，然后顺势一拽，整条皮顺顺当当与萝卜瓤分离，丝毫不拖泥带水。瓤是甜的，给我吃，母亲吃皮。给我吃的那一片，必定切得薄薄的。有时母亲会劝我吃点萝卜皮，对身体有好处："今天这皮不辣，你尝尝。"我接过，提防着咬一口，发现是辣的，立马丢还母亲："太辣了，你骗人。"孩子的口味边界清晰到一点情面都不讲。

长大后定居北京，听人讲天津沙窝的青萝卜才是最有名的，我好奇买来比对，自觉水分有余，滋味不足。天津人好吃萝卜也是有传统的。汪曾祺老爷子对天津的吃萝卜风气也很讶异，曾撰文写道："五十年代初，我到天津，一个同学的父亲请我们到天华景听曲艺。座位之前有一溜长案，摆得满满的，除了茶壶茶碗，瓜子花生米碟子，还有几大盘切成薄片的青萝卜。听'玩意儿'吃萝卜，此风为别处所无。天津谚云：'吃了萝卜喝热茶，气得大夫满街爬'，吃萝卜喝茶，此风亦为别处所无。"我在天津时，没见过如此场面，想是时代变了，萝卜亦难登堂，又或是我没走对地方。

世人多认为萝卜是中国原生的，实则不然。先秦时期，萝卜自欧洲入华夏，最早出现在《诗经》中。"采葑采菲"的"菲"就是萝卜，"葑"是外貌近似萝卜的芜菁。芜菁也是十字花科的蔬菜，在日本是春之七草之一，可入粥。在中国，芜菁正是妇孺皆知的大头菜，也叫芥菜疙瘩。《尔雅·释草第十三》中另有萝卜之名，曰"芦萉"。时间流逝，方言肇始，后世人们渐渐模糊了成书于先秦至西汉之间的这本辞典中的语意。晋代训诂学家郭璞为《尔雅》作注，辑录了当时对萝卜的各种称呼："萉宜为菔。芦菔，芜菁属，紫华大根，俗呼雹葖。"宋儒邢昺继续作疏，解释为："紫花菘也，俗呼温菘，似芜菁大根。一名葖，俗呼雹葖，一名芦菔，今谓之萝卜是也。"

此处大根，不知是否为日语"大根"之滥觞。

白菜

白菜，秋天上市，甘美如饴，在东北，人们也叫它秋菜。

入秋囤秋菜，是儿时每家每户的年尾大事。卡车突突突开进院里，必是周末清早，人们刚撂下早饭筷子的时候。我从阳台探出头去，楼上楼下也都有人伸着脑袋。这时准有一家的大人朝楼下喊，"怎么卖啊？"卡车斗里的人回个价，整个楼都能听见。谁家觉得合适，就会下楼继续交涉。小孩子总是好热闹的，我着急地催爸妈，咱也下去买吧。爸妈总是说，不着急，再等等，过几天还能便宜。

烤蔬食

过几天是不是真的便宜了，我已不记得了，只记得自己家买秋菜的那天，是我最快乐的一天。学大人的样子，胸口垫一块白抹布，或是系上围裙，上阵帮忙搬运。个儿大的一棵菜我还搬不动，母亲也不让我靠近卡车，我只能等大人们吵吵嚷嚷讨价还价毕，别人从地磅上递给我一棵重量合适的，我抱紧它，雀跃着跑到母亲事先选好的一处矮墙头，挨着放好。上一层的白菜必须落在下一层两棵白菜之间的缝隙里，才摞得稳。手指通常是冻得通红，起先还疼，后而失去知觉，也忍着不愿告诉大人，担心他们要我回家。

卡车再次发动，已是日落时分。车轮碾过被人们掰下扔掉的最外面一层硬菜叶，轻松地开走了。小时候尚无乱丢垃圾的概念，也不觉得有什么不妥，天寒地冻，我只记得白菜帮子就这么铺天盖地地躺着，有点清新的青菜味道，并不腐臭，却不记得它们最后都去了哪里。

我们这个教师家属院一共有两栋楼，一栋五层高，有两个单元，另一栋七层高，有四个单元，住户可不少呢。可小小一个院子，竟能摆下这么多家的白菜垛。各家都能有一小块满意的阵地，从未听闻因为抢地盘而发生过争执。一座座白菜山拔地而起，将院子分割得像迷宫一样，却还能留出走车的路，孩子们也不是没地方玩儿了，最大的一片花园也在，没人侵占用来放白菜（或许觉得每次取菜需翻过花木，太麻烦了），此时回想起来，也是奇迹一桩。

偶尔吃晚饭的时候，听爸妈聊起谁家白菜昨晚可能被偷了，我会立刻好奇心膨胀，揪住不放问怎么发现的，抓到人了吗。这是平静生活里罕有的大新闻。

我们家教师多，爸爸是长子，爷爷奶奶家，还有两位叔叔家，四家人分住在同一栋家属楼里的不同单元。在某一些年份大家会合买上百斤的冬储大白菜，各自按需取用。另一些年份也会分开，各买各的。由于都是独生子女三口之家，一冬天也吃不完许多，只有很小的一个"小山包"，跟别人家的喜马拉雅形成天壤之别。

讲究一点的往白菜垛上蒙一层塑料布，四角用砖压住，防雪防尘。不讲究的就裸睡在天地间，也不打紧。孩子们爬上菜垛假扮林海雪原，或是扯了谁家几片菜叶子打闹，也不会挨骂，真是既"不讲卫生"，又"不顾礼数"的金色童年。

囤积白菜，除了作为难得的冬季蔬菜补给，也是为了冬天腌酸菜，东北话叫"积酸菜"，跟朝鲜族泡菜和日本渍物意思相近。那时候，几乎家家都有一口四五岁孩子高的大缸。室内温度高，酸菜会烂掉，所以酸菜缸都搁在屋外头，住楼房的也不例外。我家住四层，缸就放在从四层到五层之间的楼梯的缓步台上。记忆中母亲每次烧菜前，都要开门出去，到与屋内冰火两重天的寒冷楼道里，伸手进酸菜缸捞一棵酸菜出来。水面结冰，捞出的酸菜还带着冰碴。

彼时没有网络教程，腌酸菜的方法都是家庭内部口传下来的，所以张家的酸菜和李家的酸菜味道会有差别。大体是酸且不烂，就是好的。腌酸菜的白菜需整棵，或竖着剖成两半，用开水烫过，过凉后一层一层紧紧塞进缸里，再浇入滚水，稍稍没过白菜即可。上面压一块重石，随着发酵，白菜塌下去，石头也跟着一起下落，水面升高。

这块大石头没有卖的，需各家自己去寻，大小需与缸口吻合，石质坚硬。用自行车拉回家，先用自来水刷洗干净，再用开水兜头浇下去，为的是杀菌，拾掇干净了，才可以压进缸里。

除了腌酸菜，人们还会留一部分白菜，用作越冬的新鲜蔬菜。白菜山们就这样经冬站在家属院里。我每天会兴致勃勃跑到阳台，看自家的小山还在不在。从楼上往下看各家的冬储大白菜布局，颇有排兵布阵，指点江山的臆想。

冬去春又来，白菜山们越来越小，越来越矮，到后来各家均所剩无几。万一谁家吃得太快，来年新菜还未上市，那就要过几天没有新鲜蔬菜的日子了。好在除了白菜，人们一般也会储备些青萝卜，拉花刀工切成，挂起来自然晾干，用时切寸许，和酱油、醋、香油拌着吃，下饭也不至寡淡。

秋天囤储过冬蔬菜的任务，不只东北有，甚至首都也不得不在物流水平不发达的年代，只吃自己土地里长出的东西。

后来听说，冬储大白菜跟大米、豆油一样，属于国家的战略物资。

不知从哪一年起，人们突然就不买秋菜了。

研究生毕业后，进入法院工作，我被分到的带教老师是一位年近五十、面容秀美的女法官。相处日久，知道她是诸暨人，儿时随父母工作调动举家迁至杭州，在杭州长大，参加工作。一次工作缘故前往舟山部队，结识了自己的白马王子，并在白马王子复员回京后，抛下已崭露头角的事业，勇敢地跟他来了北京。她会给我讲很多年轻时的事，我也喜欢听。初嫁来北京时，对一切都不习惯，尤其冬天吃不到新鲜蔬菜，甚至还偷偷抹过眼泪。她觉得最不可思议的是，一入

孙克弘《观物图卷》（局部）

秋,她要跟婆婆一起用开水烫规模壮观的玻璃瓶子,把新鲜的西红柿洗干净,装在这些瓶子里,一冬天就吃这几瓶子西红柿酱。说到跟节儿,一定要立马跟上,"南方就不这样,冬天什么都有,吃笋、吃小青菜,水果也有……"忆的是诸暨、杭城旧事,操的却是抑扬铿锵的北京口音。我很仰慕两位前辈夫妇的才华与福气,曾暗自想将他们的爱情故事写成小说,可惜文笔有限,至今未能成稿。

油菜

在我的印象里,北人多食白菜,南人多食油菜。婆婆从江南来,听她说"今天嘛烧点小青菜好了",待晚餐端上桌,每回都是油菜,令我费解多时。北京的苏帮菜、沪菜馆子常以"上海青""小棠菜"相称,意境很对。

或因油菜滋味平平,又不如白菜自古有"百财"之谐义,故未曾被书写。油菜之利,在于便宜,无论汤食炒食,掰下整片叶子冲洗,尤其洗净靠近根部的勺窝里的泥沙即可,几乎不需要改刀。寓居纽约时,每隔两三天要去家附近的 Whole Foods 买菜,有一次惊喜地发现蔬菜区竟然有小油菜,虽然如美国其他果蔬一样长得如同健美运动员,壮硕无比,有的甚至足有一尺长,却还是如见故国亲友一般激动。结账时,收银员抓起装着小油菜的口袋,犹豫了一下,"Chinese cabbage?"她疑惑地去按称重键盘,似乎蒙对了,很开心,于是问我:"这个东西好吃吗?我想知道放在沙拉里吃会是什么味道。"

离家不远的第五大道 56 街还有一家日本超市，嘴馋时会沿着中央公园南垣，步行去买菜。那里能买到 Whole Foods 买不到的茼蒿、春菊、冬笋、韭菜、白萝卜、金针菇、鲍菇、青笋、水菜，还有对半剖开或剖成四分之一条后再用保鲜膜仔细包好的貌美如玉的白菜。极嫩的幼茄，不若拳头大，稍微煮过晾凉，入酱油、香醋、麻油拌食，是纽约新结识的朋友教我的快手小菜。当然，日本超市也有小油菜，身量匀称，跟美国队长版的油菜注定不是长在同一亩地里的。

还有一种名叫小松菜的蔬食，细咂摸味道，与国内的小白菜如出一辙。而白菜自古名"菘"，谓其如松树般凛冬不凋，所以我一直当这日本小松菜，就是中国的小白菜呢。后来看到国内引进种植的介绍说，小松菜是油菜的变种，心里反倒犯了嘀咕。

纽约公共图书馆有大量的中文书可以借阅，我曾借出一本汪曾祺的《五味》，上有汪老先生画的杂蔬插图。我照猫画虎，一腔无处宣泄的思念故土风物之情，落在笔毫，成了一柄小小的水墨团扇。离开纽约前，我将团扇送给了一位继续留在纽约奋斗的同学。他略带无奈地感慨，纽约长大的第二代小孩儿，可能就读不出汪曾祺的好，也不懂这扇子上萝卜白菜的味道了。我们挥手告别，他敛了敛外套，消失在时代广场的写字楼间。

节令乐事 · 橙皮糖

材料：

橙子3个、白砂糖50克、水50毫升

做法：

1. 橙子洗净，用削皮刀剃下最外层的金黄色皮，尽量不带下里面的白色部分。

2. 用沸水焯一下，去除表皮的不洁物质，捞出。

3. 水和白砂糖各50克，加入橙皮，熬煮期间不时搅动。约5-8分钟后，大部分橙皮看不到颗粒表面，即可捞出。锅中剩余的粘稠橙皮糖浆，可淋早餐pancake或调制酒水饮品。

4. 橙皮稍晾干，在白砂糖里打个滚，就可以吃了。如果一天吃不完，或放入冰箱，或干透后密封收藏。

橙皮中包含芳香精油，常用于烘焙、调酒、煮糖水。用橘子、橙子连皮煮熟捣烂，趁热和汤吞饮，这种止咳方法或流行于江浙一带。家中小儿有咳嗽预兆时，喂与他喝，病症即止，屡试不爽。北京旧时做法似乎是将橘皮在明火上烤透，让咳嗽的孩子吃下，此法尚未试过。

十二月

琴诗酒友皆抛我,雪月花时最忆君。

——白乐天《寄殷协律》

[大雪]

·造景·

  山水是大世界，人所钟爱，于是发明了颇多揽山水入怀的方法，谓之"小世界"，比如造园、作庭、盆景盆栽，又比如卧游，开窗借景。此外还有一种，就是这里要谈的插花中的"造景"。

  造景基本之法，乃参照"山之三远"的布局，无论水景还是旱景，胸中先有丘壑，草图落笔演示出大概轮廓，再动手炮制山水之境。读北宋郭熙《林泉高致》关于山之三远的原初论述，可以更直观地感受造景端倪。

  郭熙认为：

  自山下而仰山颠，谓之高远；自山前而窥山后，谓之深远；自近山而至远山，谓之平远。高远之色清明，深远之色重晦，平远之色有明有晦。高远之势突兀，深远之意重叠，平远之意冲融而缥缥缈缈。其人物之在三远也。高远者明了，深远者细碎，平远者冲淡。明了者不短，细碎者不长，冲融者不大，此三远也。

《林泉高致》原为画论，我们不妨用画作举例参考。范宽的《溪山行旅图》，大山堂堂，一山高耸，令人仰止，有清朗乾坤之势，此高远也；对应的造景，主枝要足够壮硕有力，一枝独秀地吸引观赏者的注意力。

许道宁的《渔父图》，山峦重叠，透迤幽远，一山之外还有一山，视线如同在峡谷中游走，此深远也；对应的造景，两大主枝须前后呼应，每个主枝周围有辅材和点缀，也可以借用枯木增加空间的层次数量。

黄公望的《富春山居图》，水面开阔，视野辽远，一览无遗，淡淡的远山隐于雾霭间，用郭熙的话说，"冲融而缥缥缈缈"，此即平远。平远多用作水景设计，水面占比较大，近大远小，有主有辅，近处花材繁盛些，远处简略些，空间留白充分，互不遮挡。

造景作品通常体量较大，起点睛作用的枯木和石材多是主人珍藏，因而造景往往布置在十分显眼的位置，如昔日所拜访的茶室、素食餐厅、医馆，在一进门的玄关或屏风处就有颇为考究的景观设计，不由得你不看到，而转过几扇门，进入长时间活动的里间，反而看不到了。书斋和佛堂内，若悬挂了横幅的书法或匾额，也会在下方的长条桌案上有一番景致用心。这一点在今天的日本更为明显。商铺无论做什么生意，但凡高档些，均要在橱窗内布置花道造景。传统老铺以经典花型为主，如立华；主要面向年轻人的，会选择新兴花道流派，甚至欧美风格当代装置。

2016 年，京城初雪，雪雾微寒而有暖阳，天色碧蓝，是最奢侈的光景。应了一位姐姐的约，一早便坐上地铁，挤在

京中雪景

上班族的人群中实际却是去茶室小酌，心里略感歉意。

拉开茶室障子，对面墙中央挂着一幅小画，画中两竿瘦竹，一行短字，无他，与茶室的素净十分相称。女主人笑盈盈迎在里面，茶席早已是一丝不苟的妥当。稚绿与花青搭配的茶席布上，垂胆形的琉璃瓶子插着一枝绛紫色的菊花，枝干笔直清晰地抵在瓶底。清代有禹之鼎绘《赏画图》，一只硕大的琉璃花尊内插着红色珊瑚，珊瑚通体可见，初见略觉夸张，如今看来绝非妄作。

外间雪未消尽，隔窗犹有寒意。一只竹编花篮摆在不远处的窗台上，若非向外看雪，我甚至没有注意到它。

北方岁暮萧瑟，野生花材捉襟见肘，唯有金银木的红果子十分惹眼，篮中曼妙的金银木枝条想必是姐姐从外面剪回来的。文竹衬在底部，细若薄纱，并无具象可形容，只空蒙出一片绿意，像江南的雨烟。

这只花篮敞口较大，腹部浑圆，想必里面也安放了水盘和剑山，方能有如此造化。鹅黄色小菊点染清新跳跃的气氛，借着窗外新雪覆枝，令人恍惚觉得光阴何速已至二月春雪之景。倘若插花造景亦能"借景"，果然也是略高一筹的。计成在《园冶》中总结：

因者，随基势高下，体形之端正，碍木删桠，泉流石注，互相借资，宜亭斯亭，宜榭斯榭，不妨偏径，顿置婉转，斯谓精而合宜者也。借者，园虽别内外，得景则无拘远近，晴峦耸秀，绀宇凌空，极目所至，俗则屏之，嘉则收之，不分町疃，尽为烟景，斯所谓巧而得体者也。

一因一借，一内一外，依此而看，寒雪之于暖花，精而合宜，而屋内屋外呼应巧而得体。

若隐入深林，雪落无声，霏微半入野人家；雪消无痕，卧听点滴无时休。可如今陷落城市囹圄，只得退而求其次，凿池栽树，叠山理水，温一个遥不可及的梦。

台北故宫藏有一幅明代文徵明的《古洗蕉石图》，上方的题字提到了此画的渊源，即元代张雨以古铜洗插芭蕉并取名"蕉池积雪"的故事：

昔张外史有古铜洗。种小蕉白石上置洗中。名之曰蕉池积雪……刘汶次韵：铜驼陌上得铜洗，曾见汉朝风露零。寒光未变劫灰黑，古色犹带宫苔青。金人堕泪漫怀古，玉女洗头真寓形。与君作池媚雪蕉，何以报之双玉饼。

铜洗类似我们今天的脸盆，是古人盥洗用的器具，足够开阔，盛水足够多，故而宜用作造景。花材是芭蕉，安插在白色太湖石之侧，便有了蕉池覆雪的风雅。

袁中郎曾说："寒花宜初雪，宜雪霁，宜新月，宜暖房……若不论风日，不择佳地，神气散缓，了不相属，此与妓舍酒馆中花何异哉？"哇，说得好严重，看来插花要认真，赏花亦不能怠慢。可惜无论是文徵明的画还是原始典故，都没有提到"蕉池积雪"安放在哪里，如何欣赏。若依我，庭院中自然是不需要的，不如摆放在书案正对面的墙壁下，不置书棚，不挂字画，只一花架一古洗，墙壁留白，陈年屋漏泅迹，如远山一痕。埋头读诗书，抬头即风景。

思绪回到席间，茶已行过三道。按照茶室的规矩，前三道止语，是为了心无旁骛地专注于茶本身，不想一个花篮造景竟让我对茶味全然不知。雪窗之外，长天远树山山白，不辨梅花与柳花。

　　果然造景若要发挥最大的作用,不仅在于包裹在视线之内的须臾方寸,还是要同建筑空间发生关系,同人的活动发生关系,同美的情感发生关系。一时读到园林大家陈从周老先生的文章,其中提到从园林所欲借的景色是什么,大概也能看出园林本身是化平淡为神奇,还是秋波枉送,视若无睹。插花造景可谓同理。

节令乐事 · 围炉煮茶

工具：

陶炉、

茶壶、

酒精灯（室内）或橄榄碳（户外）

做法：

1. 生火。如果是室内煮茶，虽然炭火更妙，但仍建议使用酒精。

2. 备水。不建议用自来水，可购买桶装水，有条件获取洁净的山泉水更好。

3. 投茶。若是已经泡过的茶，须待壶内水沸之时再投入。未泡过的干茶则入冷水无妨。只有深发酵茶适合煮饮，如岩茶、红茶、普洱茶。

明代以前，人们通常以煮茶的方式饮茶，尤其唐代，茶还需与其他佐料同煮，以平衡性味。今天人们煮茶乃泡茶之余偶尔为之，只为某一款茶非煮不能发其味，或应景添趣。《枕草子》有一则，写炭火围拢的暖意，喜欢煮茶喝的人大抵有同样的心理感受："又有时候，雪积得挺厚的黄昏，在靠外的房间里，跟志趣投合的朋友二三人，中间摆一具火盆取暖，闲谈种种之间，不觉得天已暗下，这边厢也没有点火，却由于四周雪光皑皑，白茫茫一片。漫不经心地用火箸搅动着炭火，深深地谈心，其情其境，委实妙极。"

煮茶的茶壶不可过小，否则汤沸外溢，造成困扰。且煮茶水分蒸发较快，需大壶多水，方解众意。

煮茶

冬至

· 清供 ·

　　"清供"听起来高深玄妙，却是旧时寻常门户都在意，会做，也做得起的家常事。无非置办些清雅喜人的物件，每逢年节摆在大八仙桌上、茶几上、条案上、画桌上，丰俭由人。一来祈求平安兴旺，二来增添气氛，愉目舒怀。

　　各处节下用到的清供物品各有妙处。比如端午的供物名录上必有艾草，合着恶五月驱疫抗病的实用任务。元人《天中佳景图》，说的就是端午清供的事。画中除了瓶插木槿、蜀葵、榴花、马蔺叶之外，还有一把艾草和马蔺叶做成的把花，周围散落荸荠二三，还有一盘当季蔬果。背景中的五幅字符，中间画着钟馗，因钟馗是农历五月的花神，专事镇鬼驱邪，故也在端午清供之列。最有趣的还要数榴花枝头悬挂的小幡，系着香囊、艾虎、一对粽子、几粒香花。

　　钱选，字舜举，是我很喜欢的一位南宋入元文人，他的花鸟画清雅有格调，自成风格。可惜画大多藏于台北故宫，真迹很少能看到。几年前，北京故宫武英殿结束历代书画轮展制度之前最后一批展出的画作中，钱氏《幽居图卷》在列，一卷小青绿山水，设色明快，笔法稚拙，很文人气。

春节用到的清供物品往往是种类最多的，也最贴近生活。盆栽花可以用抽葶的兰花、尚未开花的水仙，或是绿萼梅。绿萼梅主要看干和枝，还可以闻开花时幽幽的香，花开得太满反而没意思了。

盆栽花可是有讲究的。要在距离春节一个月左右的时候，将它们请入温暖的室内。在此之前，兰花、梅花要尽量养在阴凉的地方，或索性临近年节了再去花市买，花贩们最有办法将饱满的花苞留到价格最高的时候。至于水仙花，要么把水仙盆注满清水，馇住石子，养在不见阳光的冷屋子里；要么留着水仙的鳞茎，时候到了再下水，入土。只要不包裹太紧以致不透气，也不遗忘，这个方法就是万无一失的。

有一年，从南城的花卉大棚买了三坨裹着泥巴的漳州水仙球，盘算入了腊月再剥皮栽进水仙盆里，于是随手用纸包了包，搁在阴凉的墙角。过了好久，我竟彻底把这件事忘了，等跳着脚悔恨地剥开外包装纸，发现水仙球上已有大块的霉烂。口中忙赔不是，用刀谨慎地将烂处削掉，担心剜不干净，后续感染整盆都会烂掉，又怕剜得太狠伤了花芽。战战兢兢处理完毕，将一颗颗重现雪白的水仙仔塞在瓷盆里，松散处用平日里四处收集的石块塞紧，水仙圆头圆脑，看起来健康多了。

除了节日，节气也是清供的好时候，尤其是四立二分二至日，也称四时八节——立春、立夏、立秋、立冬、春分、夏至、秋分、冬至。这其中冬至尤为重要。中国历法完善于汉代，汉时人们对冬至日就极为重视，将冬至当作"冬节"来过。气始于冬至，周而复生。这一天阳气被收藏到极致，人也要安心休息，保护好自己。是日君子不临朝，大臣不谋政，商人不开市，童子不上学也是有的。全民放假，休养生息。从冬至起，阳气开始回升。冬至第三候"水泉动"，便是肃杀萧闭的顶点过后，生机最初的萌动。"春生冬至时"，很多地方将冬至作为一年的岁首，才有了脍炙人口的那句"冬至大如年"。

虽说冬至节的重要性堪比春节，但与春节相比，实则没什么需要提前采买、大操大办、走亲访友的礼数，过法亦无定数，反而显得轻简利落，更像是一个文人的节日，值得在清供上多花些心思。

冬至清供可选的余地很大。植物有结着红果子的南天竹，寓意平安除厄，或是岁寒三友松竹梅、水仙、金玉气质的蜡梅。南天竹无法在北方野外生长，仅花市可以买到，种在紫砂盆里，很弱小，没有生于南国的市民公园、山麓禅寺的自在。如此想来，鲜花市场买到的那种漫漫散散，果实串也很结实的南天竹，应该是从南方花圃运输来的，而非产于本地。蜡梅枝干直挺易折，砍来大枝，插在陶缸或大胆瓶里，姿态最好。用汪曾祺先生的话说，"隆冬风厉，百卉凋残，晴窗对坐，眼目增明，是岁朝乐事"。

果品也很讲究，因果香有着异于花香的甜。芸香科柑橘属的果子，精油饱含于果皮外部，香气持久，鲜果本身保鲜时间也较长，故而常被请上台面。芸香科柑橘属说起来也许太抽象，举几个例子就明白了，比如蜜橘、柠檬、脐橙、沙

清，杨大章，菊花佛手

糖橘、柚子，水果摊上都有。还有岭南、贵州一带才有的黄皮，也叫黄果。不过最受文人欢迎的恐怕还是佛手。气味馨郁，造型奇特，像修长的手指，有聚拢的、有分散的，拈成佛菩萨罗汉手印的样子，没有一个果子的"指法"是完全相同的，闻香之外别有修身的启示。清供的鲜佛手通常是不吃的，想吃要另买非观赏用的，或用切片的佛手干泡水，是微苦中带清香的味道。按照北京的老礼儿，冬日里佛手果需盛在瓷盘子里，一层一层叠高，摆放在屋里的高几或茶桌上，过约莫一周的时间撤下，再换一盘新的，须得整撤整换，不能零揪。可如今鲜果市场供不上这果子了，我也只好网购，每次三四只，请入高脚盘，置于老式花瓶底座上，连旧日里的"零揪"数都够不上。即便如此，也不想买花市售卖的盆栽佛手，那些用大红绸子缠得结结实实的"大头娃娃"佛手，总觉得是跟我没关系的另一种植物。

除了佛手，还有香橼和温桲儿。香橼大如皮球，我并无特别好感，但却得明代戏曲家高濂青睐，认为是"山斋最要一事"，还要用哥窑大盘摆二十四个方觉味足。这个数量令人很难理解，只好解释为明代香橼或许体型小巧吧。温桲儿旧京常见，是红色的酸酸的小果子，我只从一位北京姐姐口中听说过，至今未见实物。

花卉果品以外，便是如意、佛珠、奇石、香炉一类的文玩，如意常挨着一对柿子，取柿柿（事事）如意的美意。甚至还有灵芝、山参一类的药材，百合、龙眼、红枣、花生一类的蔬菜和干果。

文人爱玩的些个清玩之物，总不过插花、字画、博古器物、盆景、香果、佳茗、精巧的文房机关，诸般种种。唯独一点，璎珞宝石不可在清供节物之列。这原属我个人的好恶，在长辈朋友家中见了也不好言语，只道每个人喜好不同罢了。后来在王世襄老先生之子王敦煌的一本旧京忆往的书中读到他的观点，觉得造句遣词颇为有力，可以引为论据，于是私底下还默记了几遍。他讲养水仙的石头子儿越普通越好，有些人家儿"用雨花石的，用玛瑙蛋子的，用五色石子儿的，颜色可就多了，泡在水里甭提多鲜亮了"。可水仙花是个"属于清供的东西，根儿底下太热闹了，可就违忤了本意了"。

后来人们渐渐学会偷懒，请画师将不同时令节日的清供场景绘成图画，或织成挂毯，嵌成小屏螺钿，时候到了张挂出来，各式节物一下子就全活了，省了不少准备的心思和工夫。

历代职业画师们都愿意画这类受欢迎的题材，市面上、美术馆里多的是清供图。若是描绘正月初一场景的，还单有一个名字，叫岁朝清供图或岁朝图，也算是一种"细分市场"了。印象中海派大家吴昌硕画过不少清供图，每幅画里的节物都差不多——花盆要么搁在花几上，要么搁在地上，只是位置变一变，花倒是模样差不多——相比而言，会觉得画中并没有投射足够多的个人情感。

再后来，连这些挂屏、挂画都省了，人们觉得它不实用，土里土气，居室变小之后也确实占地方。这里舍弃一点，那里模糊一处，不知不觉间，节日也就混在平常日子里，除了日历上的小红点，杳无音信。

说起冬至没什么需要操办的，我倒是想起一桩例外，那就是吴地——如今的苏州地区盛行的冬至酒，亦名冬阳酒、东阳酒。跟北方冬至无论如何要吃上一口饺子的思路相仿，苏州人冬至那天无论如何得喝上一口冬至酒,他们认为冬至不喝冻一年。偏偏这冬至酒做了得赶紧喝。从冬至前十天左右上市,到冬至当日,也就几日的好状态,久存则泛起冲人的酒味,也不怎么甘甜了。所以,今天苏州老城的人还是会在冬至当天,拎着塑料桶,赶去观前街的元大昌打酒。三四个小时的排队时间,俨然成了老苏州们最具仪式感的年终活动,边聊天边打发时间,大半日就交待在外边了。如果你看到绿色雪碧瓶装的冬至酒,也不要吃惊,那是改制后的老牌东吴酒厂出品的。冬至一过,这酒就彻底从市面消失了。

长久以来,我一直误认为,既然是吴地民俗,必然流布广泛。直到苏州的朋友提起家中保姆,原是金鸡湖畔老户,却从不喝冬至酒,我才讶异地界定了传统冬至酒之风,仅仅局限于苏州老城。有点像北京的某种风俗,仅二环里有,出了二环人们就不知道了,很不可思议。

近年复兴传统习俗,很多早先不了解冬至酒的人也寻来喝。市场扩大,导致只在旧巷藏身的冬至酒,居然出现在大型超市、商场里,甚至冬至过后还能买到。酒是有了,讲究却没了。旧时各家冬至前开始酿酒,料想与水米丰醇程度相关。耐心等待一个时机,既是对自然的尊重,也是对乡土旧俗的尊重,对饮酒之人的尊重。

唐代皎然和尚有诗名曰《冬至日陪裴端公使君清水堂集》,自好首联与颔联句。"亚岁崇佳宴,华轩照渌波。渚芳迎气早,山翠向晴多。"冬至日随友人赴宴,轩阁叙话,窗明几净,池波从地下反出阳气,无声之中潜藏着最大的生机,这便是冬至的福气。

节令乐事 · 米酒

我甚爱糯米，但嫌提前泡米、上锅蒸米这些工序太繁琐耗时。有一次做台湾腊肠油饭，发现糯米不泡不蒸，直接用电饭煲煮饭模式也可以，极大地鼓励了我做各种糯米食物的热情。推及做米酒和醪糟，程序简化大半。

材料：圆糯米 1000 克、酒曲一粒、凉白开 200 毫升

1. 用电饭煲，像煮米饭一样煮熟糯米，添水量以手指插进之后米与水等高为宜。

2. 取广口容器，洗干净，擦干，确保无油。容器选玻璃的、陶瓷的都可以。

3. 糯米熟后晾凉，装进容器，也可以装进容器后等它变凉。温度以吃在嘴里不烫为宜，如果温度太高的话，酒曲会失活。

4. 用手掰碎酒曲，倒入凉白开搅拌。酒曲可以用大颗的，通常 1000 克糯米正好对应一大颗。如果用安琪酒曲，1000 克糯米正好对应一袋 4 克。

5. 酒曲溶液浇在糯米上，盖紧盖子轻轻摇晃，让各处糯米都沾到酒曲。

6. 整个容器放在温暖的地方，北方可以放在暖气附近，南方可以裹保暖袋子。温度不要超过 38℃，不要强光暴晒。静待几日。

传统做法的掏酒窝，是为了观察水面高度，如果是用玻璃瓶发酵，掏酒窝这一步也可以省略了。

206

一月

春为青阳,夏为朱明,秋为白藏,冬为玄英。四气和谓之玉烛。

——《尔雅·释天》

[小寒]

· 冰嬉 ·

    我的滑冰和游泳都是父亲教会的,特别是滑冰,我在很小的时候就已学会,大概是小学一年级的时候吧。一个周末的下午,我穿着表姐穿小的冰鞋,被父母领到了冰场上,很快就"如小燕子一般"张起双臂滑起来了,这是后来母亲的形容。

    东北的冰场通常划分为外道、内场两个区域,内外两个区域之间筑起高高的雪长城作为隔离,只留一个出口,很像滚珠迷宫的构造。外道留给滑速滑的大人们,当然,其中包括我的父亲。他们深蹲,重心扎得稳稳的,上半身深深折叠,一只手担在后背,另一只手从容摆臂。他们熟练运用弯道技术,加剪顺滑,如流星般刺穿凛冽的北风,从我身边一闪而过。他们甚至懂得碰撞时的自我保护。这些准专业选手的冰鞋都是自己的,几乎没人穿冰场出租的冰鞋,甚至有人家中还有打磨冰鞋的磨刀石和电动磨刀轮。

    端赖天寒地冻的气候,尤其三九天里,东北地区凡大大小小的水面总有人在上面滑冰。往屋外泼一盆水,不消一刻就成了一小块光滑镜面，方寸间也能引来稚童尝试不同的滑行游戏。据民俗学家考证，滑冰这一冬季娱乐项目最早见载于宋代，有"幸后苑观花作冰嬉"的正史为据。可惜尚无图像与实物发现，无从想象宋人滑冰的方式。在大约相当于北宋的时期，林海雪原间已有一种名为"乌拉滑子"的滑冰工具，但彼时东北地区尚未被纳入文化版图，在追溯源头时不便提起。

清宫题材电视剧《甄嬛传》中有妃子滑冰争宠的桥段，亦符合有清一代帝王对关外旧俗的看重。那场戏的拍摄很幸运，有清宫保存的《冰嬉图》可供参考。戏中演员穿着的虽是现代冰鞋而非清代冰鞋，但冰场布置与八旗子弟列阵方式都极似《冰嬉图》。冰嬉与现代滑冰运动不同，不单追求速度与表演性，还强调在滑冰的同时能够完成射箭、比武、杂技等动作，相当于将陆上竞技项目转移到冰上。每年的冰嬉大典是皇帝倡导国俗、检阅八旗子弟是否仍旧勇武、忠诚、团结的重要契机，是宫廷礼仪、国家大事。

冰嬉在清代又叫脚齿，不知是否意味着清代的冰鞋同现代的花样滑冰冰鞋很像，现代花滑冰鞋的前端就有一小段锯齿。速滑的冰鞋在老家被叫作冰剪，大概因为两把长且锋利的滑刀并到一处很像剪子，软皮面，无鞋帮，单是立起薄薄的速滑刀片这一项就足够让很多人知难而退。儿时我所滑的冰鞋属于花滑系统，高鞋帮内有金属板帮助固定踝关节，穿上就能立稳、滑走，毫无入门难度。因此，在以父亲为代表的一些速滑选手眼中，我的水平根本谈不上会滑冰，尽管我也会单腿旋转，以及若干简单的花滑舞步。就像套着游泳圈游泳，动作再美也无济于事。

乾隆时期宫廷画师所作《冰嬉图》（局部）

在普遍不富裕的九十年代，冰场门票只要2元钱，工作日不限时，周末人多时会采取限时措施。说是限时措施，其实只是门口收票的大叔靠肉眼和时快时慢的手表粗略记个时间，我始终没参透他是如何记得住进进出出这许多面孔。

人不多的时候，大叔就坐在冰面上临时搭起的小房子里，裹着厚厚的军大衣，炉子生得暖烘烘的。屋里总会有几个不相干的人揣着手聊天，或在炉子上烤花生吃，热铝饭盒里的剩饭剩菜。大叔忙不过来时，他们也会帮着给前来租冰鞋的人穿冰鞋，勒鞋带，简单嘱咐几句。但这种情况并不多，在我不大真切的记忆里似乎人人都会滑冰。我拥有自己的冰鞋，第一双是表姐穿小的，后来脚长大了，父母带我去很专业的体育用品商店买了一双白色皮革冰鞋，37码，一直穿到成年后滑冰这件事彻底退出我的生活。按说我应该坐在冰场的条凳上换鞋，但他们允许我挤进小屋里，在炉子边上换鞋。起初几年，父母帮我勒冰鞋鞋带，我很不耐烦，因为勒紧了他们要担心我的脚不舒服，勒松了又担心我崴脚，反反复复系了又拆，拆了再系，好不麻烦。很快，我夺过了勒鞋带自主权，却发现靠近小腿的部位很难勒束，蜷着穿着棉袄的身子，脸憋得通红，手指勒得生疼，感觉自己快窒息了，直到踩着高跷走出小屋呼吸到冰凉空气才算缓过来。

卖票大叔要做的事很多，除了收钱，盯逃票（尽管并不十分认真），还要负责一项颇有技术含量的工作——浇冰。滑冰过程中，向侧后方推出的冰刀会在冰面上铲起薄薄的一层冰屑，人不小心摔倒时冰刀也容易在冰面凿出裂痕和小孔，还有一种情况发生在当天天气比较暖和的时候，略略融化的冰面很容易让人摔倒。这些因素既影响水平发挥，又有安全隐患，所以必须每隔几小时开着浇冰车驶过每一寸冰面，洒下细水，让冰面重新冻结，回归平滑如镜的状态。如果冰场状态不好，这些"准专业选手"便会咒骂看冰场的人太懒惰，故意延长浇冰间隔，急脾气的人甚至会自己动手推车浇冰。而所谓浇冰车，不过是几根钢管焊接的简陋三轮车。

2018年冬天，我带着儿子体验了纽约著名的Bryant Park冰场和中央公园南部冰场。冰鞋都是从冰场现租的，大大小小的孩子们在铺着地毯的宽敞休息室追逐打闹，冰场餐厅飘来热狗、咖啡与棉花糖的香味。我蹲在地毯上，给四岁的儿子勒冰鞋鞋带。"紧不紧，脚有活动的余地吗？""会不会太松，要不脱下鞋你再活动活动脚踝？"我忧心地问，直到打发他妥帖地去玩了，已没有力气给自己勒鞋带了。冰场播放着欢快动感的美国流行乐，场外游人如织，很多人干脆买了咖啡和比萨，坐下来欣赏眼前的滑稽盛况，比场内滑冰的人还要兴奋。很快，广播响起，通知大家离场，回到休息室等待浇冰结束。一辆白色小车，在睽睽众目的注视下欢快地驶上冰面，轻盈、可爱，全无噪音。在赞美当世科技之余，想起儿时人工湖上那辆笨拙的手工焊接老车，遥远而悲情，画风仿佛老家人人会唱的苏联流行歌曲，"冰雪覆盖着伏尔加河，冰河上跑着三套车，是谁在唱着忧郁的歌，唱歌的是那赶车的人"。

离家到北京念书以后，我只有过两次滑冰经历。其中一次是陪香港同学去什刹海滑冰，新手一律穿花滑冰刀，已经没有选择余地了。我扶着她的手指，教她独立站立，推刀，收脚。人潮拥挤，以父亲告诫我"很危险，千万不要那样滑"的动作互相扯拽着。冰屑铺满冰面，渐渐融化，混成一摊泥，令人倍感窘困。冰面居然还有人在售卖糖葫芦，大家吃着东西，打闹聊天，此起彼伏地重重摔下去，简直太不严肃。直至道光年间，什刹海、颐和园昆明湖、南海子等处都还是御前冰鞋表演的选拔场和排演场，如今这些地方都已陆续开放给市民娱乐。北海公园是曾经太液池的一部分，作为宫廷冰嬉大典的举办场所，如今亦恢复了宫廷冰嬉的表演，供游人观赏。有时会想，清时的普通百姓去哪里滑冰呢？或许是不滑的吧，又或许这些小事不屑被历史提起。

近些年，冬季回老家省亲时，发现孩子们普遍选择冰车，已经不大滑冰鞋了，大概因为前者无需占用宝贵的学习时间去练习，是即时满足的快乐。我已很难再融入欢快的人群漩涡，只是站在岸上看，生怕儿时的记忆被新的记忆覆盖。小时候因为住得离山近，大雪后父亲便会找一块硬纸板，带我爬到山顶。我盘坐在硬纸板上，双手抓紧翘起的边缘，呼啸着从山坡俯冲而下，威风凛凛，身体似有无穷的力量，耳畔除了呜咽的北风，什么都听不见。长白山余脉枯林凝息屹立，带着千万年前的记忆，看着如同一粒尘芥的小女孩，在宇宙的这一秒钟尽情绽放生命的力量。

在 Bryant Park 与儿子一起滑冰

节令乐事 · 干枝挂钩

材料：干树枝、3M 胶纸、曲别针、细绳等

做法：

冬季到山林里走走，或许能见到粗壮的断枝，带回家清理掉灰土和可能的虫卵，用 3M 粘钩挂在天花板上，就是很好的儿童房装饰，上面可以挂孩子的手工作品和小礼物。

如有手工锯和砂纸，还可以做成衣帽挂钩，它们远比想象的牢固。用来做衣帽钩的干树枝不要选得太粗，否则要花很大工夫才能锯断。

我还喜欢做成毛笔架，把曲别针弯成钩子，勾住毛笔头上的绳套，没有绳套的毛笔可以用纸胶带和平时从各种包装袋上剪下来的绳子做一个绳套。因为我的毛笔筒和毛笔架过一段时间就装不下了，这样的笔挂很实用。

大寒

· 案头花不绝 ·

沈复在《浮生六记》中写道:"余闲居,案头花不绝。"
文人清雅,案几总少不了一瓶花。今天人们办公桌上的绿植,大抵也是这个意思。简单一点的养多肉、仙人掌、绿萝;稍微特别些的用玻璃瓶插着几枝鲜切花,花头硕大、色彩艳丽的非洲菊、百合、月季、康乃馨最为常见,方便购买,价格实惠。

曾见一盆体面的案头水仙,盆子是天青色梅花阔口浅盆,衬着几方古书和棱窗里筛进来的冬日暖晖,剪影如淡墨迹子。

若论将大千风景纳入一方书斋,又能心生恬愉,折枝瓶插着实是修园葺景之外最方便的法门了。袁宏道坦言仅有栽花莳竹一事,可以自乐,无奈邸居湫隘,迁徙无常,只好将京师人家名卉作为案头物,与诸好事而贫者共焉。《戏题黄道元瓶花斋》中袁中郎写道:"朝看一瓶花,暮看一瓶花。花枝虽浅淡,幸可托贫家。"

春天的花多是先开花后生叶子的。尤其是玉兰,毛茸茸的银亮花苞在头一年冬天便早早结下了,单薄地挨过苦寒,绽放

白茉莉

时却惊天动地。四月访大觉寺,见到寺内几株清代的古玉兰,恹恹的,很瘦,不似想象中仙风道骨。

玉兰过后是桃花,开得最热闹、最放肆,挤挤压压,可以斫下很大的一枝插在瓶子里。瓶身要素净的才不添乱。而后是海棠、梨花、重樱、紫叶李,拣过于繁茂、抢夺养分的花枝斜斜地剪下,亦无害于这一树灼灼。压轴的是丁香和荼蘼,一片香雪海。待花树长出绿色的叶片,重归寂静,春也差不多过完了。

初夏最令人企盼的要数那些半水生植物。水竹、鸢尾、马蔺、蒲棒,只看它们亭亭水中的样子,便觉无上清凉。采之入开阔水盘,用剑山固定做成几株水景,盘内铺洁白石米,穿堂风吹过,漾起密密的涟漪,似有鱼儿戏水间。

鸢尾在日本叫燕子花,是艺花人的心头好。

旅德艺术家王小慧在追悼亡夫的文章中写道:"地上的这盆水竹也是他所珍爱的,可惜无论怎样悉心护理,那水竹终于落光了枯叶随他而去。所以我越来越相信草木皆有灵。"

东方人终归钟情细腻修长的植物,哪怕身处西国,审美习惯恐怕如味蕾一般顽固。这一点上日本较中国尤甚,就连中国人喜爱的玉兰、荷花、梅、海棠,他们也会惧怕过于繁茂,而广植更为纤弱的桔梗、女郎花、牵牛、胡枝子、玉簪。《枕草子》有:

月稍升高。胡枝子原先看起来是挺沉重的样子,待露晞之后,径自枝动,也无人触摸,竟会忽然向上弹起,有趣得很。我这儿说:有趣得很;可是别人却认为:毫无趣味;那才又有趣哩。

五月的燕园,紫藤架下飘忽着太多心事,细雨打湿的流光。

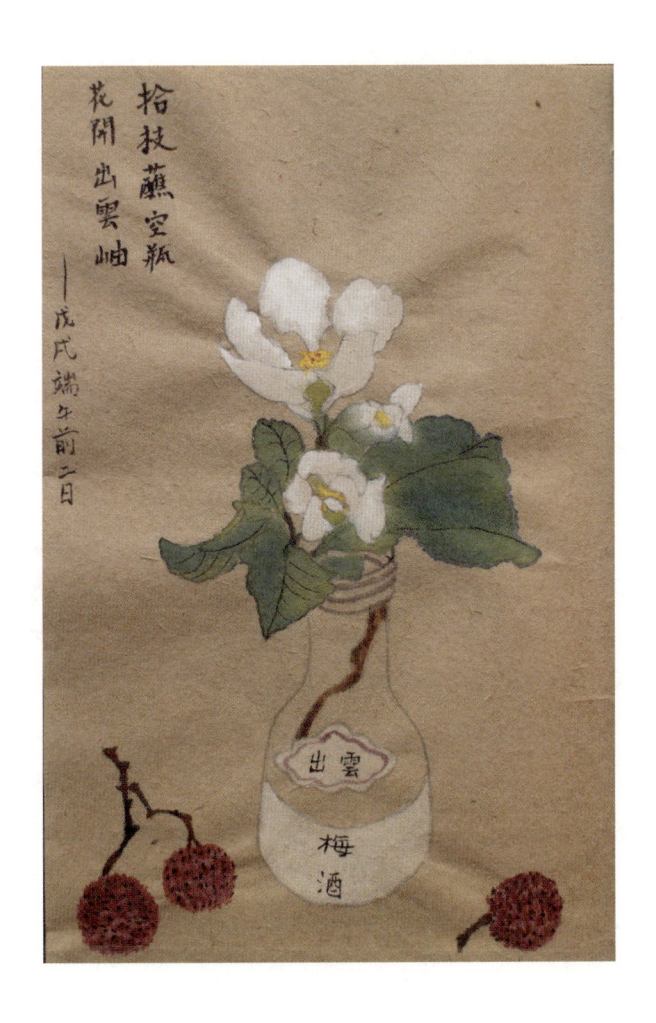

拾枝蘸空瓶
花開出雲岫
——戊戌端午前二日

瓶花手绘

静园东西两侧的四合院，门檐下大多爬了紫藤。四合院分属历史学系、哲学系等文史系所，朱漆的院门，门楣上绘着祥瑞图景。紫藤吾所钟爱，可惜于瓶插并不十分适宜。燕园北面的鸣鹤园去的人不多，池塘一隅的八角亭常是英语角的活动场地。白色绣线菊围拢池边，开得极为壮观，枝条坠得垂下来，花瓣簌簌扑洒在水面。绣线菊姿态窈窕，与细高的铜瓶相宜。

榴花照眼，杜鹃绮靡，茉莉梵静，书案从不寂寞。

古人绘瓶花之作数不胜数，我最爱陈道复的《瓶莲图》，菡萏、莲花、壮年的荷叶、残荷集于一瓶，让人看到生命的不同状态。不过很少有人在案头插荷花，荷花还是远远地看，开满水塘比较好。曾有友人知我喜欢干枯的莲蓬，涉水塘采得幼莲房相赠，我喏喏。将其阴干，置于书架上，常怀感念。

秋日莳菊、芒、荻、桂。《红楼梦》第三十七回提到宝玉将自己园里新开的桂花折了两枝，插在联珠瓶里，送与贾母和王夫人。古时烧制联（连）瓶，如六联瓶、联珠瓶，是将多件花瓶烧成连体，可插更多花枝。今瓷器于拍卖会或公私收藏机构的展览中皆有出现，不过没人敢用它们插花了。

冬月，蜡梅、松枝、寒椿十分合宜。明人高濂《燕闲清赏笺》中《瓶花三说》录："冬时插梅必须龙泉大瓶、象窑敞瓶、厚铜汉壶，高三四尺以上，投以硫磺五六钱，砍大枝梅花插供，方快人意。"张德谦却颇不以为然，在《瓶花谱》中"品瓶"："宁瘦毋过壮，宁小毋过大。极高者不可过一尺，得六七寸、四五寸瓶插贮，佳。"

又有："古无磁瓶，皆以铜为之。"曾经狡黠地想到唐代以前室内光线幽暗，白日里靠自然光线，入夜全赖火烛，铜瓶的光泽倒与烛光相得益彰。及宋，瓷瓶多见汝窑天青釉或钧窑月白釉，釉色光润而单一。

后来读到《阴翳礼赞》中的一段：

一提到漆器，就觉得俗气，缺少雅趣。这种感觉也许是采光和照明设备所带来的"明朗感"引起的。事实上，可以说，没有"黯淡"作为条件，就无法呈现漆器之美……绘有漂亮泥金画的光亮的涂蜡首饰盒、文几、搁板等，有的看上去花里胡哨，俗恶不堪。假如使这些器物周围的空白充满黑暗，再用一盏灯光或一根烛火代替日光或电灯映照过去，那你看吧，原来花里胡哨的东西就会立即变得深沉而凝重起来。

原来是同一个道理。

谷崎润一郎始发觉，日本的漆器之美，只有在这朦胧的微光里才能发挥到极致。我转而想到清代中后期珐琅器的流行不知是否与照明技术更加进步有关。

寒天枝头寂寞，于是拉拉杂杂竟把这一年的花事念叨了一遍。幸而岁时更迭，所盼总不至落空。这些被编入生活经纬中的植物如同标记光阴的刻度，倏忽的细节如今忆来只觉欣慰，幸自己未曾怠慢岁月。

节令乐事 · 干花

遇到难得的花,例如珍惜的、昂贵的、有特殊纪念意义的,我们会希望长长久久地把它们留在身边,这时就可以把鲜花做成干花。制作干花适合用花型较大的鲜切花品种,或者成束成把的花。状态好的时候,舍不得做成干花,我通常是看花快谢了,快蔫了的时候,再把它们从花瓶里拿出来,用麻绳捆扎,倒悬起来,自然风干,这样花头不会下垂。

另有一些蜡质表面的花,天生就是制作干花的好材料,无需倒挂也不会变形,例如勿忘我、满天星、薰衣草、棉花、黄金球、尤加利、情人草等。

制成干花以后,通常可以保持多年。干花插在瓶子里,无需再放水,也可以搭配松果、肉桂、干枝等做成干花花束。尽量减少触碰,否则干花很容易破碎。

后记

一

我国有历史悠久的岁时写作传统。从最早的《诗经》开始，里面就记录了先民在不同时节的婚恋、宴饮、农产、祭祀等活动。《诗经》《楚辞》中提到的植物，更是后世索引的源头。《吕氏春秋》最早提出"花信风"的概念。

汉代历法完善，岁时文化由此发端。西汉刘歆书《西京杂记》，东汉崔寔作《四民月令》，应劭著《风俗通义》，蔡邕的《月令章句》更是家喻户晓。即使时代久远，部分有待校勘考据，仍不失为宝贵文献。

晋代嵇含编《南方草木状》，两百多年后，宗懔成《荆楚岁时记》。《荆楚岁时记》虽囿于江汉一地，即今天的湖南、湖北地区，却是我国现存最早的一本完整记载自元旦至除夕的二十四节气和时俗的笔记。其中既包括了自汉代以来的民俗，如元日、端午、除夕，也包括后传入的佛教节日，如浴佛节、盂兰盆节。

北魏郦道元《水经注》、贾思勰《齐民要术》，南梁江淹《闽中草木颂》，实乃民生之书。南朝梁元帝萧绎在《纂要》中提出"二十四番花信风"，亦有"花朝诗"流传。

唐代是岁时文化沉积的一个重要阶段，体现于典籍方面，即虞世南编《北堂书钞》。它是我国重要类书，收录资料均为唐以前古书，覆盖甚广，于十九部中单辟"岁时部"。另外还有李淖的《秦中岁时记》、韩鄂的《四时纂要》等。

两宋兴起的大量笔记，出现不少记述地理风物、民风民俗的著书与汇编，如北宋陶榖的《清异录》、孟元老的《东京梦华录》、林洪的《山家清供》，以及南宋时期周密的《武林旧事》、陈元靓的《岁时广记》、吴自牧的《梦粱录》，都有极高的史料价值。

有明一代，特别是明代晚期，物阜殷实，教育昌明，大量文人高士远离经世济民之学，埋头钻研生活学问，汗牛充栋的小品文章中多有不朽之作。史玄《旧京遗事》、张岱《琅嬛文集》、陆绍珩《小窗幽记》、刘侗与于奕正《帝京景物略》、高濂《遵生八笺》、文震亨《长物志》、屠隆《考槃余事》、王磐《野菜谱》、鲍山《野菜博录》、陈诗教《花里活》，颇可在其列。

清代肇始于李渔《闲情偶寄》，后有黄图珌《看山阁闲笔》、顾禄《清嘉录》、沈复《浮生六记》、富察敦崇《燕京岁时记》、夏仁虎《旧京琐记》、无名氏《燕京杂记》、李斗《扬州画舫录》追之。更有《植物名实图考》《毛诗品物图考》《离骚图》等版画图稿在晚清完成刊刻发行。

若是将散见于两汉乐府、唐诗、宋词、元曲、明清小说，乃至十三经、二十四史中的岁时文化记载也计入，再加上历代花学著作，如唐时葛颖《种植法》、王方庆《园庭草木疏》、李德裕《平泉花木记》、贾耽《百花谱》，北宋范成大《菊谱》《梅谱》、欧阳修《洛阳牡丹记》，最后别忘了卷帙浩繁的中国画中所承载的节令信息，则我们可阅读的史料着实宽厚有余。

时至近现代，书写山川岁月、寻常口了的文墨骚客大有人在，乃至跻身畅销榜的亦大有书在，是可喜的事。唯独岁时写作的概念，至今尚无明确说明。在我看来，凡所写内容与季节、物候相关联，都可称为岁时写作。它的涵盖面是极其宽泛的，既包括随季节流转气候、地理环境、动植物的自然变化，也包括农业生产、民风民俗、节日、饮食、宗教、艺术等人文内容。不分形式与地位，它既可以是如《金匮真言论》《礼记·月令》《尔雅·释天》般的古老智慧，更可以是平实有趣的生活记录，是周作人写世界第一等豆腐，梁实秋写栗子和豆汁儿，唐鲁孙写打卤面，李汉荣写粽子与艾草，老舍写北京的春节。

如果将岁时写作的范围拓展为自然写作，那么外国文学中亦不乏杰作，它们以自然笔记、博物日志、植物观察手册等形式为各国读者带来愉悦，如亨利·梭罗的《瓦尔登湖》、卢梭的《植物学通信》、娜恩·谢泼德的《活山》、莱斯利和罗斯的《笔记大自然》。而邻国日本，以清少纳言《枕草子》为代表的岁时记，常读常新，每有新的领悟。对于节序，东亚文化有着同样的敏感度，会发出近似的感喟，甚至会在同一时节，吟同一首诗、赏同一种花、吃同一种食物。

二

通过梳理我国历代岁时文献，可以得出岁时写作的三个特点：

第一，岁时写作者基于亲身经历与见闻，甚至仅仅书写自己出生成长的一城一地的自然环境、花木栽培、社会生活见闻。

我国地域辽阔,气候与地理环境差异明显,有所针对方能卓有成效地记录。倘若面面俱到,很难不变成一部百科全书。而百科全书式的书写是过去人们的生活经历、物质条件、技术条件所无法支持的。

第二,不同于西方侧重客观观察记录的博物学,中国文人对岁月的书写,自诞生之始便注定了要掺入人的主观情感,带着某种立场。

这或与自汉代以来的天人观相应,中国自古的审美情趣使然。也正因为如此,那些存放在工部档案的农历水文记载,或是与节气关系更为密切的《黄历》,往往不属于文人写作范畴。

北宋名家李格非的《洛阳名园记》,记述了洛阳城中包括司马光园林在内的十九座著名花园。待文章行将完结时,仍不忘在"后记"中发表一番论述,批评个人沉溺于园林,而忽视了对于国家所负的更高责任。而这一观点实可追溯至唐代,政治家会因营造园林而受到指责。后世士人普遍认为,这篇《洛阳名园记》之所以应当世代流传,全在"后记"对造园赏园的升华论说。

而当代的岁时作品里,还隐藏着第三个特点,那便是当代的写作者——如果我们认为古代文人可以历数节俗民风,却十指不沾阳春水的话——大多是既能阐释道理,又能动手操作的。不画画的美术史学家大有人在,不会烧菜的美食家更是比比皆是。与这些领域"述""作"分离的情况不同,对节气节日风俗了如指掌的人，多乐于亲身参与这些活动。

若说节气生活写作中仍有一道"隐形的藩篱"存在的话，那一定不在"述"与"作"之间，也不在于地域，更有可能是存在于时间概念里，存在于我们与古人的对话过程中，存在于物质贫瘠却满足与极度富足却空虚的不同精神状态里。古人一道不加盐，仅用酸梅调味的菜式，我们怀疑这也能吃吗？一支琴曲、一出戏，古人要练三年，我们感叹他们效率太低，或者本也无事可做，故意消磨时间罢了。

真相却是，我们的味觉被各种刺激麻痹，尝不出本真的味道与细微的差异。以及，我们与古人对时间的感知是不同的。我们的心性被撺掇得急功近利，无法理解钻研的沉静、不急于表态与炫耀的美德、对技艺与前辈的恭敬、专注与积累的力量。古人年复一年地做着同样的事，有些今天看来仍有实用价值。有些看似费时费力又难以取利，便渐渐从今人的生活里消失。但习俗背后古人究竟在坚持什么，古今价值观于何处失之交臂，这才是真正的藩篱，直接影响我们对节俗的认知与重视程度。

三

很小的时候我就会背节气歌："春雨惊春清谷天，夏满芒夏暑相连，秋处露秋寒霜降，冬雪雪冬小大寒。上半年是六二十一，下半年是八二十三，每月两节日期定，最多相差一两天。"也常会听家中长辈说一些诸如"腊七腊八，冻掉下巴""冬不坐石，夏不坐木"的谚事。那时不觉得二十四节气跟自己有什么关系，至少不比元素周期表有用，它们就像朝代歌里那些一闪而过的王朝，是值得尊敬但已远去的记忆。

　　长大后渐渐理解这种以不变应万变的智慧。节气不仅是农事指导，是自然规律，更是季节感，是调伏人心的所依，是实实在在有根有据的当下生活，是天时。

　　儿时，父亲带着我在山里唱歌，我听到山风呼啸和草虫鸣叫，夕阳的余晖里，我奔跑着，指尖滑过半人高的漫山野草。大雪纷飞掩埋一切的夜里，母亲盖着被子靠在床边写教案，我偎在母亲身边看书，忽而沉沉睡去，再醒来不知过了多久，依旧是昏黄的灯光，母亲依旧保持着刚刚的姿势伏案写着。曾经最寻常的日子，最老实的人，却能给我最坚实可靠的力量、取用不尽的爱。

　　于是，我也学着我父母的样子，带我的孩子看花、看月亮，行走在山里，同他唱歌，陪他读书，一起看画、喝茶、听曲、遨游。有一天，他拿起家中的扇子，读出我在上面写的"清明花沾衣，水落晴空樱覆笋，人间始有声"，忽地盘腿大坐，给自己扇凉，我似乎看到了曾经的自己，那个跑过若干道山岭，脸蛋红扑扑，手里掐满的野花还在不住往下掉的傻女孩。

　　孤山赏梅、倚石谈玄、雪后晚炊、临溪濯足、江寺闻钟，赏尽无边风月。过去十年，我一边看、一边画，一边拍摄、一边写作，文字里是彼年看过的花和月、走过的路、久违的爱惜与缅怀，是飞度的流年。而这本集子，正是十年里陆续留存的文字与图像的总结。

　　我喜欢收集书签、门票、袖珍演出卡片、设计好看的吊牌或包装纸上裁下来的一小段纹样，渐渐小竹篓里便掬满了。读书读到精彩处，尤其自己想不出的绝妙用字，就用铅笔圈出来，夹一片卡片在书里，留待整理。我还在常逗留的地方都放上便签纸，有想法马上写下来，上了年纪脑子会忘。一天里就这么书桌前写一会儿，端着书沙发上歪一会儿，阳台栏杆上靠一会儿。思绪沉沉垂下，四壁阒寂，只有咕嘟咕嘟煮茶的声音和咯吱咯吱磨咖啡豆的声音。为了不被打扰，常要凌晨三四点钟爬起来写作，世界一片安静，唯思绪欢腾。白天精力集中的时候，不忍心中断，饿了只简单地煮一小锅菜，菜汁亦甘甜。

每个人都有自己的精神故乡，人一旦与植物相处，就会变得平和包容。植物，以及与植物相关的自然，与自然相关的生活方式，曾给予我无限的安宁、包容与抚慰。如今，我也想把这份安宁传递给读者，我们一起赏花、望月、读书、听雪、品茶、唱酬，不负韶华。

只因岁时风物，最可消遣。

二〇一九年仲春完稿于日坛

图书在版编目（CIP）数据

似是故人来：岁时生活札记/李响著. — 北京：商务印书馆，2020
（中式生活美学艺丛）
ISBN 978-7-100-18228-7

Ⅰ. ①似… Ⅱ. ①李… Ⅲ. ①随笔—作品集—中国—当代
Ⅳ. ①I267.1

中国版本图书馆CIP数据核字（2020）第041062号

似是故人来 —— 岁时生活札记

李响 著

出版发行	商务印书馆
地　　址	北京王府井大街36号
邮政编码	100710
印　　刷	北京博海升彩色印刷有限公司
开　　本	880×1230　1/32
印　　张	7 5/8
版　　次	2020年6月第1版
印　　次	2020年6月北京第1次印刷
书　　号	ISBN 978-7-100-18228-7
定　　价	62.00元

权利保留，侵权必究。